Balbino,
homem do mar
CONTOS

Orígenes Lessa
Balbino, homem do mar
CONTOS

*Estabelecimento do texto,
apresentação e nota biográfica*
Eliezer Moreira

Coordenação Editorial
André Seffrin

São Paulo
2014

© Condomínio dos Proprietários dos Direitos Intelectuais de Orígenes Lessa
Direitos cedidos por Solombra – Agência Literária (solombra@solombra.org)

4ª edição, Global Editora, São Paulo 2014

JEFFERSON L. ALVES
Diretor Editorial

GUSTAVO HENRIQUE TUNA
Editor Assistente

ANDRÉ SEFFRIN
Coordenação Editorial

ELIEZER MOREIRA
Estabelecimento de texto,
apresentação e nota biográfica

FLÁVIO SAMUEL
Gerente de Produção

FLAVIA BAGGIO
Assistente Editorial

DANIEL G. MENDES
Revisão

GONZALO CÁRCAMO
Ilustração de Capa

EDUARDO OKUNO
Capa

TATHIANA A. INOCÊNCIO
Projeto Gráfico

A Global Editora agradece à Solombra – Agência Literária pela gentil
cessão dos direitos de imagem de Orígenes Lessa.

CIP-BRASIL. Catalogação na fonte
Sindicato Nacional dos Editores de Livros, RJ

L632b

Lessa, Orígenes, 1903-1986
    Balbino, homem do mar / Orígenes Lessa ; coordenação editorial André Seffrin ;
Estabelecimento de texto, apresentação e nota biográfica Eliezer Moreira. – 4. ed. – São
Paulo : Global, 2014.

    ISBN 978-85-260-2036-8

    1. Conto brasileiro. I. Seffrin, André. II. Moreira, Eliezer. III. Título.

14-09875   CDD: 869.93
                                                      CDU: 821.134.3(81)-3

Direitos Reservados

GLOBAL EDITORA E
DISTRIBUIDORA LTDA.
Rua Pirapitingui, 111 – Liberdade
CEP 01508-020 – São Paulo – SP
Tel.: (11) 3277-7999 – Fax: (11) 3277-8141
e-mail: global@globaleditora.com.br
www.globaleditora.com.br

Obra atualizada
conforme o
**Novo Acordo
Ortográfico da
Língua
Portuguesa**

Colabore com a produção científica e cultural.
Proibida a reprodução total ou parcial desta obra
sem a autorização do editor.

Nº de Catálogo: **3627**

O escritor Orígenes Lessa.

SUMÁRIO

Balbino, homem do mar: um Orígenes Lessa completo – Eliezer Moreira	9
Triângulo	15
Balbino, homem do mar	25
Sete-Garfos	33
O morto	55
Valente	65
As cores	77
Modo imperativo	85
O trocador	95
O incidente Ruffus	109
O emprego	127
Madrugada	141
Valdomiro	149
Encontro em Copenhague	163
A experiência	169
Potter	191
O homem nas mãos	201
Uma bala perdida	205
Marta	215
O Natal de tia Calu	221
Assunto	229
Tio Pedro	237
Nota biográfica	267

BALBINO, HOMEM DO MAR: UM ORÍGENES LESSA COMPLETO

A característica marcante de *Balbino, homem do mar*, sétimo livro de contos de Orígenes Lessa, é a percepção pelo leitor de um narrador em constante deslocamento, um narrador-viajante. Um dos seus livros de contos anterior, *Omelete em Bombaim* (1946), reúne histórias passadas em São Paulo e o posterior, *Zona Sul* (1963), passadas no Rio de Janeiro, enquanto este é o livro de um narrador que poucas vezes está numa mesma cidade. Aqui as histórias se passam em diferentes bairros do Rio de Janeiro e de São Paulo; numa cidade gaúcha não identificada próxima de Porto Alegre; na cidade insular de Antígua, no Caribe; ou numa cidade não nomeada em que o narrador claramente está em trânsito, como se nota quando à noite chega não a casa, mas a um hotel. Nesse sentido *Balbino, homem do mar* reflete em grande parte a vida de Orígenes Lessa não só no período em que foi escrito (após 1946, quando saiu o livro de contos anterior, e pouco antes de 1960, quando publica este), mas principalmente num período imediatamente anterior, quando viajou muito – morou em Nova York entre 1942 e 1943, trabalhando no Office of the Inter-American Affairs e como redator da NBC em programas de rádio transmitidos para o Brasil.

Ilustram de maneira mais flagrante aquela característica apontada, por ordem de entrada no volume, os contos "O incidente Ruffus", de tom satírico, que se passa num país latino-americano não nomeado; "Encontro em Copenhague", quase uma crônica de viagem em que o narrador registra o comovente e casual encontro com um grupo de espanhóis combatentes antifranquistas no exílio, após a vitória do caudilho; "Potter", cujo personagem-título, habitante da mencionada ilha caribenha, é um motorista de táxi negro e bem-falante, espécie de relações-públicas informal, que ganha um extra com o trabalho de elogiar e recomendar certas prostitutas locais aos turistas que entram no seu carro; e "Marta", em torno da garçonete de um restaurante mexicano nos Estados Unidos que desaparece e deixa um traço de fascínio no narrador.

No volume estão também duas histórias, "Sete-Garfos" e "Modo imperativo", que mostram o lado publicitário de Orígenes Lessa. A primeira é uma sátira rabelaisiana sobre um garoto de morro carioca cercado de escassez por todos os lados e que, apesar ou por causa da pobreza, desenvolve uma glutonaria extraordinária, chegando, adulto, a vencer uma aposta em que é desafiado a devorar vinte rodadas de feijoada completa, uma depois da outra. A partir de então passa a ganhar a vida e a comer fartamente como garoto-propaganda de produtos alimentícios, até estourar de tanta voracidade num concurso internacional de glutonaria em que acaba vencido por um concorrente norte-americano. O outro conto, "Modo imperativo", é um momento de quase paranoia na vida de um publicitário que já não consegue se livrar do refrão que ele mesmo impôs a vida inteira a consumidores anônimos – "coma isto", "beba aquilo", "use isto", "vista aquilo", etc. – numa obsessão que o persegue na própria casa, em tudo o que ele toca, da geladeira até a água que bebe.

A maioria dos 21 contos se volta para um constante tema da obra de Orígenes Lessa: as relações de família e suas pequenas alegrias e dramas. Nessa categoria se destacam, entre outros, o primeiro conto do livro, "Triângulo", um caso de infidelidade conjugal inusitado e de final imprevisto; "As cores", um conto intimista de grande delicadeza, em torno de uma deficiente visual que está sozinha em casa, enquanto os demais foram ao cinema – para dizer tudo, esse conto foi incluído numa antologia que recolheu os cem melhores contos da literatura brasileira; "O trocador", cuja protagonista é uma jovem imigrante judia, moradora de um subúrbio do Rio, às voltas com o aprendizado das relações amorosas e o entrelaçamento dessas com as relações sociais e de classe em um ambiente que lhe é estranho; "O Natal de tia Calu", uma reunião ao mesmo tempo alegre e melancólica em torno de uma senhora que vê os homens da família, o filho e os muitos sobrinhos – todos jovens aviadores, numa época heroica da atividade – morrerem ou sobreviverem a acidentes graves; e "Tio Pedro", um dos mais comoventes relatos da coletânea, sobre um cearense que parte para o Acre esperando enriquecer como seringueiro e, ao voltar pobre muitos anos depois, não consegue mais se reintegrar à família, já então morando em São Paulo.

O conto-título, finalmente, é o que melhor espelha a leveza do livro, o humor e o lirismo de Orígenes Lessa. Balbino, garoto do interior fluminense, passa a vida fascinado pelo mar. Faz-se marinheiro, mas o navio é torpedeado na primeira viagem, o que o força, por insistência da mãe, a abandonar o mar grande e se tornar simples ajudante da Cantareira, companhia de barcas que fazem a travessia Rio-Niterói. Balbino, que tanto lembra certos personagens de Jorge Amado, procura esquecer a tristeza repartindo seu coração de marinheiro entre duas namoradas, uma de cada lado da baía.

O conto "Balbino, homem do mar" foi levado para o cinema em 1960 por Carlos Hugo Cristensen, com o título *Esse Rio que eu amo*, juntamente com outros contos de Machado de Assis e Aníbal Machado. *Balbino, homem do mar*, a coletânea, num sentido mais geral, por reunir não só histórias de Rio e São Paulo, mas de outras partes do país e do mundo, é também um livro completo, que cobre boa parte dos espaços onde viveu um autor com vocação de *globetrotter*. É mais um clássico genuíno de Orígenes Lessa que não poderia faltar na reedição da obra de um dos maiores contistas brasileiros.

Eliezer Moreira

Balbino,
homem do mar
CONTOS

TRIÂNGULO

Castelar achou melhor hospedar-se numa pensão. Mais facilmente conheceria a vida e a gente da terra, informar-se-ia, tomaria um caminho. Trazia o coração apertado. Oxalá nada se confirmasse. Melhor seria que houvesse encontrado uma simuladora ou simplesmente uma louca. Mas, já ao fim de poucos dias, verificava, angústia na alma, ser tudo verdade. Marga não simulara, não representara, não mentira. Realmente casada. Realmente mãe de três filhos, um lourinho de oito anos, duas lourinhas entre quatro e seis. Pertencia, mesmo, a uma das melhores famílias da cidade, o pai médico, descendente de um colono de Hanover, a mãe prendada, viva ainda, líder entre as senhoras da igreja luterana, construída em pedra e linhas góticas. O marido era, realmente, um comerciante forte, que negociava em grosso e exportava para a capital e outros estados couro, vinhos, laticínios.

E era certo igualmente que nunca ninguém suspeitara de qualquer divergência do casal, nem sequer – segundo o próprio depoimento do marido, relatado por Frau Müller e confirmado por ela, cuja pensão funcionava desde vinte anos no mesmo local, a cem passos da residência dos Oberlander – jamais uma simples discussão turvara a suave paz em que haviam vivido. Mãe amorosa. Esposa diligente. Era a grande animadora da Sociedade dos Amigos de Bach. Dera vários recitais de piano, que haviam repercutido até na imprensa de Porto Alegre. Fora mesmo convidada para se exibir na capital, coisa que recusara, com displicência, porque viria interferir com seus afazeres domésticos, embora contra o voto do esposo.

— Seu pai vai ficar tão contente...

Marga, porém, dera de ombros.

— Bobagem.

Realmente, na ocasião, tinha tarefa muito mais importante: replantava o jardim, havia desenhado os canteiros, recebera sementes maravilhosas que iriam fazer do seu o mais lindo jardim da cidade.

— Não posso entender... Não entenderei nunca... — dizia Frau Müller.

A cidade ficava a poucas horas de Porto Alegre. Duas vezes por mês, na segunda e na quarta sextas-feiras, Marga e o marido tomavam o ônibus para a capital. Iam passar o dia com os pais de Ludwig, fazer compras, respirar um pouco o ar da cidade maior. À noitinha voltavam, ainda a tempo de jantar com os filhos turbulentos, estourando de alegria e saúde.

No dia do desaparecimento (era a última sexta-feira do mês), à hora de partir, Ludwig Oberlander se lembrara de que prometera passar em casa do pastor luterano, que tinha uma encomenda a fazer. Já não havia tempo de procurá-lo. E como tinha hora marcada com um cliente, pediu à esposa que passasse em casa do reverendo Hausdig e seguisse depois em outro ônibus. Ele estaria à sua espera no terminal de Porto Alegre. Marga aceitara a inesperada incumbência com a simplicidade com que se recebe uma pequena quebra inconsequente da rotina caseira. E fora tudo. Nesse dia, inexplicavelmente, a senhora Oberlander desaparecera, sem deixar notícia. E tinham sido vãs todas as buscas, inclusive as da polícia, que o marido, a certa altura, mandou sustar, discretamente, ferido na sua dignidade conjugal.

– O senhor pode acreditar num absurdo desses?

Castelar começava a acreditar. Só agora acreditava. Durante quase um ano relutara. Cometera, mesmo, as maiores injustiças (agora o via e sentia), chegara a praticar grosserias, irritado diante da história imaginária que lhe parecia estar ouvindo. Largo tempo a tivera como impostora. Claro que a aceitava assim mesmo, porque, farsante ou não, era uma esplêndida, uma fabulosa mulher. E inteiramente dele, entregue e total. Discreta, simples, modesta, sem exigências (apenas devorada por aquela melancolia), sabia esquecer o seu drama nos momentos justos (e isso o levava também a acreditar em impostura), tornando-se doce e amável, como desejosa de fazer com que ele mesmo esquecesse o problema e não viesse a penar pela cumplicidade que nele tivera.

– Mas nunca mais houve notícias?

– Nunca. Sabe-se, apenas, pelo chofer do ônibus, que ela desceu em Novo Hamburgo com um "brasileiro" que viajava no mesmo banco...

Ao dizer aquilo, vendo-o empalidecer, Frau Müller teve a impressão de o haver ofendido e começou a atropelar as palavras, continuando:

– Depois ninguém teve mais notícias. Concluiu-se que era algum velho caso e que ela havia fugido com o forasteiro. Quando se convenceu disso, às primeiras investigações, Ludwig decidiu não prosseguir e não se tocou mais no assunto. A casa dele entristeceu, o jardim não foi concluído, as crianças choravam muito, uma tia veio de Porto Alegre e ficou zelando por elas. Nunca nem ele nem a irmã falaram mais no caso. A cidade falou por muito tempo. Ainda fala. Mas para o marido o assunto morreu. O coitado envelheceu dez anos em poucos meses.

A casa lembra um cemitério. As janelas estão sempre fechadas. Foi por isso que o senhor estranhou a casa de aparência tão triste, a única da terra com janelas fechadas, sem sol entrando, sem cortina recebendo o sol. Agora nem as crianças se veem: foram internadas num colégio... A irmã, professora, já voltou para a capital...

*

Havia uma semana que Castelar passeava a sua indecisão pela cidade. Um acaso, um delicioso, um estúpido acaso dera com ele no bojo do mais incrível dos dramas. Voltava do interior para Porto Alegre quando, numa parada de ônibus, sentara-se a seu lado aquela mulher magnífica, de olhar sereno e claro. Logo no reinício da viagem, oferecera-lhe o lugar. Ficaria na ponta do banco. Ela se apoiaria junto à janela, menos sujeita aos imprevistos da estrada. A inesperada companheira aceitara, sem relutância e com extrema naturalidade, o oferecimento. Passaram a falar, comentários sobre o tempo ou sobre a paisagem. Uma estranha intimidade se estabelecera, rápida. A aproximação se transformou, de pronto, em eletricidade. Como incêndio, o desejo os tomou. E, como um relâmpago, sentiu que naqueles olhos azuis, de uma tranquilidade de laguna, de improviso o fogo lavrava também. Nunca saberia explicar como acontecera. Sentiu de repente junto ao seu, chegado e inteiro, o corpo da desconhecida. Não saberia nunca dizer como, nem quando, mas, com surpresa, viu que a sua mão pousava sobre a leve mão de dedos finos, como se fossem mãos que se houvessem procurado toda a vida. Dentro em pouco, estavam esquecidos os passageiros, o ônibus, a paisagem, Porto Alegre, a vida. Nada mais no mundo. Houve uma parada em Novo Hamburgo. Desceram juntos, ele de maleta na mão, como de caso pensado. Deixaram a estação, como se o destino comum fosse aquele mesmo. Lembrava-se, enquanto caminhavam a esmo pela vizinhança, de haver ouvido vagamente o intenso buzinar do carro, como chamando gente. Entraram depois num restaurante. Pediram cerveja, sanduíches. Velhos conhecidos, com sede e com fome, sem reparar numa nem noutra coisa. Como de encontro marcado, saíram caminhando, procuraram um pequeno hotel, pediram quarto, marido e mulher.

— Meu Deus! Não posso voltar mais! — exclamou ela de brusco, horas depois.

Castelar olhou instintivamente o relógio. Eram três horas.

— Não é tão tarde assim — disse ele, caindo na realidade, insegurança na voz.

— Não é mais possível. Meu marido estava me esperando no terminal.

— Ora essa! Você perdeu o primeiro ônibus, seguiu depois...

Uma expressão de profundo desespero conturbou seus olhos claros.

— O chofer me conhece... Ele me viu no carro... Ele me viu descer...

O viajante começou a sentir-se inquieto. Metera-se numa enrascada. Procurou convencê-la. Haveria certamente novo ônibus para Porto Alegre. Deveria tomá-lo. Ou poderia voltar... A explicação era plausível. Sentira-se mal.

— Não! Mentir eu não posso! Mentindo, eu não volto!

— Mas isso é da vida!

— Não! Não posso! Não posso!

E extremamente lúcida:

— Se eu me sentisse mal, mandaria recado a meu marido, falaria ao chofer...

Castelar deixou-se esmagar pelo raciocínio:

— Como fazer, então?

Marga olhou-o, com uma angústia de náufrago:

— Você onde mora?

— No Rio.

— Você como se chama?

— Castelar. Otávio Castelar.

— Você tem que me levar daqui, Otávio! Nem que seja para me abandonar depois.

Era tão definitivo e tão desesperado o seu apelo que Castelar, Otávio Castelar, ficou sem resposta.

*

Horas depois tomavam um automóvel para Porto Alegre, entravam como criminosos na cidade, ela se ocultando, ele francamente assustado. No dia seguinte partiam de avião para Curitiba. Por um acaso feliz ela trazia na bolsa duas carteiras de identidade. Uma, velhíssima, do tempo de solteira. E com o nome de solteira, que não ocorreria a ninguém no momento das investigações, embarcara. No aeroporto o sofrimento fora grande. Não haveria conhecidos? A polícia não estaria em seu encalço? Felizmente não. Sós, dentro do avião, uma calma segurança os inundou. Olharam-se. E o mesmo desejo que irrompera no ônibus aproximou-os novamente.

Veio Curitiba, com dois dias de febre. Não havia Curitiba. Mas, de súbito, novo terror os tomou. Fugiram para São Paulo. Durante dez dias não houve São Paulo. Afinal, lembrou-se do Rio, do escritório, dos negócios. Seu apartamento de homem livre, desquitado, os esperava.

Castelar, uma que outra vez, a surpreendia de olhar triste. Marga nunca mais falara no marido e nos filhos e ele acabara acreditando que nem um nem outros existiam. Um drama haveria, por certo. Mas seria incômodo penetrá-lo. E Marga tinha o dom de se transformar quando o via. Provavelmente ela representara ou representava, ainda, alguma comédia. Mas a verdade é que era sua. Algo deixara por ele. Viera com uma simples bolsa para a sua companhia. E se ela não falava, não falaria ele. Nem havia tempo, nem valia a pena. Mal a vida chegava para a entrega recíproca.

Com os meses, porém, Marga começou a mudar. Já dificilmente se libertava da melancolia que ele sempre surpreendia ao voltar. Tinha fugas constantes, de pensamento, a princípio, de corpo depois. E a seguir começaram a tomar corpo os personagens do primeiro dia, o marido, os três filhos. Cada vez mais corpo e mais presença.

Castelar olhava-a, desconfiado. Evidentemente Marga já não o amava mais. E queixava-se. E acusava. E repelia e não acreditava.

Começaram as discussões, os desentendimentos. As batalhas se prolongavam pela madrugada. Tudo era ponto de partida. E a tal ponto que, num momento de exaltação, resolveram separar-se. Marga foi viver em um hotel, com o nome de solteira. Espaçaram-se os encontros, já não mais de luta, porque, quando se viam, é que o desejo brutal os chamava. E logo a seguir se separavam pelo temor recíproco de novos desentendimentos. Marga resolvera trabalhar. Empregara-se num escritório.

— Prefiro não depender de ninguém...
— Você não gosta mais de mim...

Os olhos claros se inundavam de lágrimas.

— Como você é injusto!

E marido e filhos, contestados e rebatidos, voltavam à tona.

Até que um dia houve a desgraça. Marga tomou um entorpecente e foi enterrada como solteira. A polícia abriu um inquérito displicente sobre o pequeno episódio...

*

Ficou aquela angústia. Era preciso saber. Teria sido verdade? Por essa angústia voltara ao Sul. Era verdade...

Castelar passava em frente à casa de janelas fechadas, já duas vezes quase entrara no estabelecimento comercial de Oberlander & Cia. Já o vira muitas vezes. Frau Müller tinha razão. Era um homem envelhecido, precocemente envelhecido.

Que fazer? Regressar ao Rio? Seria o normal. Mas parecia-lhe covardia. Parecia-lhe quase infame. Estava ligado, embora involuntariamente, à destruição de um lar, ao esbarrondamento daquela vida. O pobre homem sofria. Em silêncio. Tragicamente. Castelar possuía o segredo da sua tragédia. Era parte. Já mais de uma vez decidira regressar, fechava as malas, mas sentia-se preso à ideia, à cidade, ao caso. Imantavam-no as janelas fechadas. Empalidecera, o coração parado, ao ver, no jornal local, um anúncio despretensioso: "Oberlander & Cia., Importadores e Exportadores". Voltar, simplesmente voltar, seria fugir. Tinha uma dívida profunda com aquele homem. Ele, que conhecia a verdade, tinha a sua verdade, uma verdade que era do outro também. Talvez devesse procurá-lo. Sentia-se no dever de, pelo menos, dizer como terminara tudo, e contar o quanto ela sofrera, como longa e silenciosamente sofrera as consequências do erro, que num minuto de alucinação cometera, consequência que aceitara com uma rara dignidade. "Eu não posso mentir! Mentindo eu não volto!" Aquelas palavras soaram de repente aos seus ouvidos, como nunca antes. Agora tinham um grande, um grave, um profundo sentido. Aquelas palavras não lhe pertenciam. Oberlander era seu dono. Ele precisava conhecê-las. Direito seu. Dívida de Castelar, Otávio Castelar.

*

Dois dias ainda hesitou. Afinal resolveu-se.
— O sr. Oberlander está?
— Só com ele mesmo? — perguntou o jovem teuto-brasileiro da caixa.
— Só com ele.
— Quem deseja falar?
Castelar estendeu-lhe o cartão.
O rapaz saiu, voltou minutos depois.
— Faça o favor...
Pálido, trêmulo, decidido, Castelar acompanhou o rapaz.
No pequeno escritório, Oberlander ergueu os olhos para o recém-chegado. Olhos claros como os de Marga. Olhos mansos, bons, desamparados, de uma grande e tocante pureza.
Os dois homens se encararam em silêncio.
— Sente-se, por favor — disse o negociante, a voz cansada, o cartãozinho na mão.
Novo silêncio. Castelar procurava reconstituir a introdução que premeditara.
— O senhor não me conhece pessoalmente. Venho aqui para um assunto muito delicado...

— Já sei — sorriu docemente o homem... — Todo comprador que aparece por aqui considera o seu caso muito delicado... Vem pelos couros?

—Vv... vim...

Oberlander apanhou umas amostras, uma tabela de preços, começou a falar.

— É de Porto Alegre?

— Do Rio.

Ele apresentou-lhe as amostras de maior procura na praça do Rio.

— Estava interessado numa partida grande?

Castelar hesitou.

— Bem, tudo depende das condições, e... e de uma consulta ao escritório geral.

Entraram em detalhes técnicos. Castelar observava, acompanhava o dolorido humilde daquela voz, a discrição daquele sofrimento refreado e sereno. Muito tempo falaram.

Súbito, o outro olhou o relógio. Estava esperando um telefonema de Porto Alegre, notícia dos filhos.

— Está bem — levantou-se Castelar. — Não quero mais tomar o seu tempo. Vou telegrafar ao Rio. Dentro de dois ou três dias trago a resposta, sim ou não.

E estendeu a mão à mão franca e amiga do outro.

Minutos depois chegava à pensão.

— A que horas passa o ônibus para Porto Alegre?

— Tem um daqui a meia hora.

Castelar levou a mão à nuca, pensativo. A hesitação foi rápida.

— Então pode tirar a conta, Frau Müller.

BALBINO, HOMEM DO MAR

— Limpe esse bigode — sugeriu Anália, com um sorriso.

Balbino obedeceu, passando nos lábios a manga do paletó. Estava de bom humor.

— Puxa, que fome! — disse Anália. — Tu até parece pau de arara! Tá chegando do Norte?

— Tou chegando é do céu — disse, num gesto galante, o embarcadiço. — Foi a noite melhor da minha vida!

Anália contemplou com ternura o homem, todo músculos, a pele curtida de sol, o jeito bamboleado de caminhar, a dura mão calosa que se tornava leve quando acariciava.

— Tu não te arrependeu?

— De quê?

— De ter vindo?

Balbino sorriu de novo.

— Eu, hem?

E explicou. Como é que havia de se arrepender se Anália preparara um café tão gostoso, com pão torrado, e ainda lhe dera aquele prato de aipim que estava uma beleza?

— Só por isso?

Balbino sorriu misterioso. E concedeu:

— Bem... valeu a pena... ou não valeu?

Tornou a sorrir, contente, passando a mão dura, tornada pluma, pelas costas de Anália.

— Não faz isso. Eu me arrepio toda...

Mas Balbino já estava preocupado, olhando o velho despertador bojudo, de mostrador amarelecido, sobre uma cantoneira humilde. Ele tinha que pegar o serviço no cais Pharoux. Precisava correr.

— Tá na hora, Anália. Daqui às barcas são vinte minutos...

Anália apanhou a xícara e o prato onde ainda ficaram dois pedaços de aipim. Olhou-o suplicante:

— Tu volta hoje à noite?

O marujo hesitou, já de gorro na mão.

— Bem. Hoje tá difícil...

A cabrocha parou no meio do quarto, os olhos angustiados.

— Tu não gostou de mim, não foi?

— Não diz bobagem! — exclamou Balbino. — Não vê logo?

— Eu sei! Tu não gosta é de mim... Tá na cara!

Balbino procurou acariciá-la.

— Tira essa mão! Eu sabia que ia ser assim... Marujo é sempre a mesma coisa... Quer é regalar... Coração não tem...

Colocando o gorro na cabeça, jogado no alto, caído para a esquerda, gingando o corpo, Balbino ouviu, como um cumprimento, a acusação. Eram assim os lobos do mar. Uma aventura ligeira, o amor ao acaso, a alma leve a caminho de outras terras...

— Tu sabe que não. Eu gostei da tua pinta...

— Então por que é que tu não volta?

Com longos rodeios, Balbino explicou. A velha o esperava. Noite de chegar tarde, ela não dormia. Medo de facada em botequins, pavor de que se metesse em badernas.

— Ela é bicho do mato, sempre se aperreou com a minha vida. Não gosta de mar...

— E como é que tu passou esta noite comigo?

Não fora fácil, afirmou Balbino. Apesar de sua larga vida aventurosa, apesar de maior de trinta anos, para a mãe ele era ainda aquele moleque de Campos, namorando o rio...

— Pra ela eu ainda sou criança... coitada... Mãe é assim... E eu não quero judiar dela, tá bem?

A verdade é que, para passar aquela noite no Cubango, o bravo e rijo Balbino precisara arranjar uma desculpa infantil. Tivera de inventar visita a um terreiro de macumba, para lá de São Gonçalo, onde a cabocla Jurema estava baixando e fazendo miséria. Balbino era filho da fé. Precisava encomendar um serviço. E como iria voltar muito tarde, passaria a noite em casa do mestre Silvano, em São Gonçalo mesmo.

— Tu não tem vergonha? Um homem desse tamanho agarrado em barra de saia...

— É que ela sofre do coração...

E aproveitando a própria deixa:

— Tu diz que gente do mar não tem coração... Tá vendo? Sou cativo da velha.

Ainda meio desconfiada, Anália se enfraqueceu olhando a musculatura que se desenhava ao longo do braço marcado de tatuagens. Balbino era o maior. Dava até pra cinema. Homem tava ali!

— Então eu vou contigo!

— O quê?

— Vou até as barcas. Quero dizer adeus de lá.

Balbino comoveu-se diante daquela ternura envolvente.

— Então desamarra! Não posso esperar!

— Deixa eu me arrumar...

— Não. Vem assim mesmo. Não vai te enfeitar pra ninguém...

E, à pressa, os dois saíram rumo ao ônibus, que pouco depois chegava, aos trambolhões.

*

Quase chegara atrasado. Deveria estar no Rio às seis. O mestre, seu amigo, recebeu-o com um olhar de inveja, ao vê-lo acompanhado. Com certeza passara a noite na farra... A barca estava quase a sair. Ajudou o colega a desatracar, balanceou o corpo, olhou para o cais, à direita.

Alta, esbelta, o corpo maravilhoso, o cabelo revolto, Anália erguia o braço num adeus.

Moveu a mão no ar, os dentes fortes luzindo em sorriso. Cabrocha boa... O namoro começara duas semanas antes, numa viagem em que Anália fora ao Rio visitar uma parenta que trabalhava em Catumbi. Quatro horas depois estava de volta. Os dois já se haviam notado, na ida. Reconheciam-se agora, como velhos amigos. No dia seguinte, Anália tornava a atravessar a baía. Contaria mais tarde a Balbino que ficara esperando longo tempo, entrara em várias barcas, que percorrera rapidamente, a ver se ele estava de serviço. Feito o rápido exame, desembarcava, à espera de outra. Afinal o avistara, fizera a viagem. Quando a barca desamarrava, no Pharoux, de volta para Niterói, Balbino observou que a cabrocha lá vinha correndo, para embarcar outra vez. Vinha de olhar nele. Compreendeu e sorriu.

— É comigo...

Era. O resultado, aquela noite, que jamais esqueceria. Tinha ainda um gosto mole de beijo na boca.

Parece que tá querendo enrabichar, pensou Balbino envaidecido. É espeto...

Seria preciso manobrar a coisa com jeito. Anália tinha de ser controlada com arte. Mão no leme. Bastavam as dores de cabeça que lhe davam os ciúmes de Aparecida, ligação de três anos. Felizmente trabalhava de babá em Botafogo, era raro sair.

— Tu volta hoje à noite?

Balbino ficara assustado. Aquela noite era a folga de Aparecida. Gostava dela... Estava acostumado ao seu jeito. Tinha sempre histórias a contar, as implicâncias da patroa, os casos ouvidos em conversas, as aventuras do patrão, que deixavam louca dona Sílvia.

— Nunca vi sujeito mais pirata...

— Ele não anda se engraçando pro teu lado?

— Vê lá se eu me passo!

Aparecida era fiel, Balbino sabia. Bem pensado, indecência fazia. Não tinha direito. Não devia continuar. Mas o gosto mole do beijo de Anália lhe queimava os lábios.

— Tu volta hoje à noite?

Iria no dia seguinte, como prometera. Tinha que manejar o barco assim, repartindo-se entre Rio e Niterói...

— Marujo é sempre a mesma coisa. Quer é regalar...

A barca ia atracar. Balbino correu à proa. Devia lançar a corda, ajudar os passageiros. Principalmente as passageiras... Anália era passageira. E não a primeira que lhe caía nos braços. Vida sempre cheia de novidades era aquela, apesar da aparente monotonia. Ir e vir. Sempre o mesmo percurso... E os velhos tempos de moleque em Campos, namorando as águas do rio, lhe voltavam à mente. Quanta vez ficara na ponte do Paraíba vendo as águas rolarem... Havia de crescer. Quando ficasse homem iria para a marinha mercante, correr mundo. Fita de cinema, para ele, só prestava de aventura no mar. Ficava imaginando os navios por dentro, o barulho das vagas, o vapor deslizando noite velha, mar afora, rumo ao desconhecido. O navio atracando, o amor inesperado... E o mistério das terras estranhas, vida de homem sempre exposto ao perigo... O naufrágio... o navio afundando... ele salvando vidas, ganhando medalha, o jornal da terra noticiando na primeira página: "Um filho de Campos condecorado pela sua bravura no naufrágio do *Itacolomi*...". Sonhara tanto com os perigos do mar, os naufrágios... Eles pareciam exercer fascinação sobre o seu espírito. Seria destino? Quando poderia imaginar ele, nos seus devaneios de beira-rio, o que o esperava no futuro? É que o mar o chamava, o misterioso mar. O pai fora lavrador, morrera numa briga de porta de venda. Nunca saíra de Campos. Mal sabia ler. Nem sabia imaginar coisas. A mãe cozinhava. Só conhecia panela e tempero. Donde lhe viera aquela mania de ver terras, de sair pelo mundo? Seu gosto era olhar os mapas de uma antiga geografia que guardava dos tempos de escola. Conhecia de memória todos os portos do Brasil... Santos... Cabedelo... Recife... Canavieiras... Laguna... Os de grande e os de pequena cabotagem. Conhecia os portos do estrangeiro... Nova York, Nova Orleans, Hamburgo! Sabia até o nome de um porto da Polônia que o atraía como um ímã: Gdynia! E ficava horas perdidas a se imaginar descendo lá, ou em Hamburgo, ou mesmo em Florianópolis, São Francisco, Imbituba, Itajaí, Laguna, portos principais de Santa Catarina... Ou Paranaguá, no Paraná... Descendo, caminhando, por entre desconhecidos, vendo caras desconhecidas, descobrindo ruas, praças, mulheres... Descia em Hamburgo e logo uma alemã muito loura vinha lhe perguntar se era estrangeiro...

— Brasileiro — diria com orgulho, pronto a lhe mostrar as virtudes da raça.

Via a alemã na manhã seguinte, a dizer-lhe adeus do cais e ele a sacudir a mão no ar, pronto para novos portos e aventuras...

Com que alegria ouvira dona Antônia dizer-lhe, certa noite, em Campos, que se mudavam para o Rio. Iam morar no Flamengo, convidada que fora para cozinheira dos Fernandes Malta. Sua chance chegava! O Rio não era a capital da república, mas o mar que ia conhecer, o mar que o chamava!

Chegado ao Rio, o velho Fernandes Malta lhe havia conseguido um lugar de ascensorista no prédio em que um genro tinha consultório. Aceitou, para juntar dinheiro e arrumar os papéis. Debalde a mãe chorava. O mar o atraía. Com os portos movimentados, as mulheres louras e morenas, de vestidos acima do joelho e dinheiro na liga. Com os perigos e o heroísmo e os naufrágios. E tanto sonhara com eles, que, no seu primeiro embarque como taifeiro do *Bagé*, a desgraça acontecera. O navio fora torpedeado. E nem sequer praticara os atos de heroísmo para a primeira página do *Monitor Campista*. Fora um mergulho só, com pancada na testa. Voltara a si uma semana depois, num hospital de Sergipe...

Depois fora aquela tragédia. A mãe, quase morta de susto, obrigara-o a jurar que nunca mais embarcaria. Vagou sem emprego, esperando a indenização que não vinha. Vendera sorvete no campo do Vasco, vendia bandeirinhas em dia de parada e retrato de Getúlio. Bateu palmas, chamando fregueses, à porta de uma casa de calçados na rua Larga. Vendeu pentes na praça Mauá, olhando o mar e os navios a chegar e partir...

Havia jurado. Um dia, ainda sem emprego, a mãe brigada com uma das filhas do usineiro, desempregada também, um antigo piloto do *Bagé*, que continuava a correr mundo, por Hamburgo, Nova Orleans, Nova York ("Não me fale mais, pelo amor de Deus!"), lhe arranjara aquele posto na Cantareira. E como era só Rio e Niterói, e a fome grande, dona Antônia dispensara o juramento...

*

Era a sexta viagem aquele dia. Um transatlântico passava. Bandeira sueca. Passaria por Gdynia, "pequeno porto polonês"? Balbino baixou os olhos. Adeus, grande mundo, de tantos portos e mulheres! Seu destino era ali. Rio-Niterói... Niterói-Rio... No Rio, Aparecida, há três anos. Em Niterói, agora, Anália... Sempre tivera alguém em Niterói. Antes fora Dalva, que era copeira em Gragoatá. Já tivera Francelina, que era tecelã. Já tivera Josefa, que não trabalhava... Rio-Niterói. Niterói-Rio. Além, barra afora, o mar, a aventura, os sonhos da velha ponte sobre o Paraíba.

— Tu volta hoje à noite?

Aquela noite era de Aparecida. Um sorriso triste moveu-lhe os lábios secos. Que lhe restava de seus sonhos de infância? Rio e Niterói. Niterói, Rio... E aquele humilde consolo: das muitas mulheres que sonhara, Anália e Aparecida... Uma em cada porto.

SETE-GARFOS

A vocação muito cedo acordou... Mariana, Deus louvado, tinha os peitos amplos e fortes. O menino começava o choro grosso, de fome insaciável.

— Outra vez, demônio?

Tapava o choro com o ubre pojado.

— Não morde, criatura de Deus!

Passava-lhe o outro seio.

— Me deixa pelo menos o bico — dizia, vendo que a criança continuava a sugar o seio vazio, as gengivas num esforço derradeiro de extração.

Assim cresceu: com fome. E realizando o quase impossível: comendo. O pai biscateiro ganhava pouco, a mãe costureira, arrumando, lavando e cozinhando em casa, mal podia ajudar o marido.

— Não tem mais farinha?

Com farinha ele aumentava a montanha no prato de folha, tinha a impressão de um bolo maior. Raspava as panelas.

— Deixa um pouco pros outros, filho da fome!

Os olhos esgazeados pediam mais. Devorava depressa, que nos outros barracos se comia à mesma hora.

— É servido, Geraldo?

— Eu já almocei, dona Conceição.

— Então pega uma laranja.

Pegava duas.

Passava a outro barraco.

— É servido?

— Só se for pra experimentar a farofa.

Mais adiante:

— Seu Florêncio melhorou da facada?

— Graças a Deus, Geraldo. Puxa aquele caixote, senta.

— Hum! Que cheiro bom...

— Tá às ordens...

Recusava agradecido.

— Cerimônia com a gente?

— Bom, só pra não pensar que é cerimônia...

Continuava a girar.

— Viu, dona Cidinha? O cacho de banana já madurou.

— É. Quinzinho vai cortar amanhã.

— A senhora querendo, eu corto.

Dona Cidinha sorria.

— Tá querendo comer?

— Não. Era só pra ajudar. Seu Quinzinho chega tarde, sai de madrugada.

— Prova aquele dali. É o da semana passada.

Geraldo entrava, comia o restante, esticava o pescoço.

— Querendo, eu corto o outro.

— Puxa! Tu tem uma barriga!

— Eu não tou falando por interesse. Já comi.

— Então deixa. Quinzinho faz gosto em cortar.

E maliciosa:

— Corre que tu ainda pega o pirão no barraco da Marlene.

*

    Veio logo o apelido. Não tinha dez anos. Havia o Sete-Dedos, havia o Sete-Facadas. Sete-Dedos, negro. Sete-Facadas, mulato. Sete-Garfos, quase branco. Ternura do morro. Nos barracos, onde a fome cantava, Geraldo era uma espécie de sublimação. Ele comia, herói, afinal, para tanta barriga no fundo.

— Guarda um pouco pro Geraldo, que ele não demora...

Era como se comesse pelo morro todo.

Uma bananeira aparecia despojada numa encosta.

— Vai ver que ele comeu todas sozinho! Ota menino dos diabos!

Crescia sem se dar conta da grandeza nascente. Sentia mesmo fome. Festa de Cosme e Damião era o seu carnaval. Chegavam os pratos coloridos, enfeitados, com os doces e guloseimas para os dois-dois.

— Hora de avançar, criançada!

Bracinhos negros, bracinhos mulatos, bracinhos morenos, bracinhos magros se estendiam. Encolhiam-se aos poucos, espanto nos olhos.

— Deixa ele com a bola...

E pais e filhos ficavam assistindo Geraldo comer.

— Nossa! Lá foi o prato de batata-doce!

— Virgem Maria! Eu contei: doce de abóbora ele virou vinte!

— Para, Geraldo, que tu morre!

Ele já começava a ter sentido de humor.

— Eu só morro se parar...

Uma gargalhada saudava a frase.

— Entra, Vasco!

— Aí, Flamengo!

Geraldo se concentrava. Em silêncio comia.

— Ele vai ter dor de barriga... Não é possível...

Mariana já consolada — o marido fugira com uma cabrocha para Nilópolis — afirmava orgulhosa:

— Graças a Deus nunca teve... Não há perigo. Vai comendo, meu filho.

Um bracinho se erguia. A própria mãe o continha.

— Deixa ele, Benedito. Vamos ver até onde.

Os pratos se esvaziavam. A boca cheia, Geraldo sorria farelo de doces de coco:

— Ué! Ninguém ajuda?

— Não! Agora nós queremos ver. Você tem que comer tudo... Duvido que você aguente.

Aguentava.

*

Com o tempo sua voracidade foi descendo o morro como voz de cantora. O morro estava ficando pequeno para a sua fome. O morro só podia compreender, não podia ajudar. O pai voltara de Nilópolis, abandonado pela cabrocha. Tivera um derrame, ficava jogado na esteira, de olho bobo, a fala engrolada. A irmã menor trabalhava de babá num apartamento em Copacabana. Em dia de folga abriam-lhe a bolsa e os pacotes, não podia trazer comida. E o dinheiro mal chegava para ajudar. Já fugiam dele também, taludão, sem a graça do menino precoce.

— Esconde a comida, que o Geraldo evem...

Remédio era trabalhar.

— Tenho um azar com emprego!

Primeiro fora uma quitanda.

— Isso também é demais! — gritara, poucos dias depois, o português. — Tu me acabas as frutas, mal viro as costas, e ainda me comes as cenouras!

Tentou ser garçom num botequim. Foi expulso. Não sobrava mais pão para sanduíche.

Conseguiu um restaurante, sonho de longa data. Sempre, no morro, pensara naquela oportunidade. Viver no meio de comida, sentindo cheiro de comida, com liberdade de ação. Imaginava os grandes caldeirões onde podia meter a colher à vontade, ou escolher o melhor prato, o filé maior, repetir livremente!

Teve a primeira surpresa ao ver que os garçons comiam sob as vistas do proprietário. Vinha o prato feito da cozinha. Quando pediu mais, os companheiros baixaram os olhos, o patrão limpou a garganta. Mas ia se distraindo com os restos das mesas. Com o tempo, foi ganhando malícia. O freguês pedia carne passada, encomendava sangrenta. O freguês reclamava, ele pedia desculpas, sempre sobrava um pedaço maior, que aproveitava no rápido recolher dos pratos. Foi perdendo a cerimônia e devorava tudo, até que um dia alguém o denunciou. Geraldo ignorava que as sobras se aproveitavam. Foi advertido. Passou a ser vigiado, a fome crescia, estimulada pelo espetáculo de outros homens comendo. Distraía-se, às vezes.

— Ó Geraldo! Olha a segunda à esquerda.

É que estava acompanhando a faca em movimento, o garfo entrando, o garfo saindo, a boca recebendo, a boca mastigando, o peixe descendo, mais peixe subindo.

De outras vezes tomava-o uma sensação de vertigem, quando o restaurante se enchia e, nas vinte ou trinta mesas, quarenta, cinquenta, sessenta pessoas ao mesmo tempo, naquela orgia coletiva — garfo espeta, colher se equilibra, faca divide (para que faca?) —, tranquilos comiam, senhores do mundo.

Claro que se defendia, no ir e vir. Entre a cozinha e o freguês, batatas fritas pagavam comissão, iscas à lisboeta sofriam desconto.

— Que diabo é isso, que você anda sempre com o paletó emporcalhado? — perguntou seu Neco.

Geraldo caiu em si. Havia que limpar as mãos no bolso da calça, após cada um daqueles pequenos assaltos ao pirão alheio.

Um dia o patrão o apanhou com a boca na botija. Ou no prato. Geraldo se antecipava a um cliente no peixe de escabeche. Foi despedido na hora.

— Vá roubar a...

O patrão não concluiu a frase. Não se manda ninguém a parte alguma, quando uma freguesa chega, de esposo no braço.

*

O segundo restaurante foi difícil. Já sua fama circulava no bairro. O apelido se espalhara. Geraldo subia, disputava aos irmãos os magros ossos, visitava os amigos, descia de novo. Passava, de água na boca, em frente aos restaurantes, via com ódio gente que entrava. Ah, ser freguês! Mas ele só poderia comer, se freguês, sendo milionário. Pelo preço das coisas, pela mesquinha porção oferecida, teria que pagar dez, vinte vezes mais que os outros. Como ganhar tanto dinheiro? Onde encontrá-lo? Havia um meio: roubar. Ladrões conhecia. Propostas recebera. Mas faltava-lhe a chama. Não amava o risco. Trabalho, também não. Via o que ganhavam seus amigos, os companheiros de morro, os que frequentavam a cidade. Jamais o ordenado chegaria. Operário, porteiro de edifício, ajudante de pedreiro, carregador de aeroporto, guardador de automóveis, empregos havia, mas sem comida, sem poder aquisitivo. Solução era mesmo restaurante longe do bairro. Procurou o centro, viu os grandes restaurantes de luxo. À porta, em muitos, o grande mostruário de pôr sangue na boca: leitões enfeitados, perus, lagostas imensas, camarões de sonho, badejos resplandecentes. Entrava, trêmulo de emoção, garganta seca.

– Estão precisando de garçom?

Nunca estavam.

Fechava os olhos para não ver os outros comerem.

Saía cambaleando. A peregrinação recomeçava. A tentação do roubo voltava. Assaltar uma casa, levar cem mil cruzeiros de joias, devorar tudo numa janta. Mas só nos momentos de desespero maior vinha-lhe a ideia. Não era medo, era prudência. Fora, sempre comia alguma coisa, aqui ou ali. Se tivesse o azar de ser preso – Sete-Dedos, Sete-Facadas, setenta amigos seus falavam de experiência própria – pancada não temia, temia o prato infecto da comida. Temia não por má, por pouca, à hora certa, sem esperança. Joias, não. Carteira, não. Mas comida, se possível. E enquanto à tarde procurava emprego, pela manhã corria as feiras e foi aos poucos adquirindo uma destreza inesperada na arte de empalmar. Evoluiu na especialidade. Arranjou cesta, pôs na cabeça, ia servir de carregador. E um pouco das freguesas, um pouco dos barraqueiros, biscateava ao acaso, mestre no controlar a distração de uns e de outros, no atropelo das compras, no clamor contra os preços.

Afinal, um amigo arranjou-lhe um restaurante na rua Sete. Feliz, por algumas semanas.

— Não come assim que vai dar galho – profetizou o amigo.

Deu. Um freguês reclamava contra a pequena porção de camarões.

— Só isto por 120 cruzeiros é desaforo!

O patrão se aproximou, espantado por ver um brasileiro que se atrevia a reclamar contra a quantidade ou contra o preço. Achou o animal raro e quis vê-lo de perto. Mas o homem excepcional abundava em razões. Era demais! Havia ordem de servir pouco, não tão pouco. Estranhou. Desculpou-se com o cliente e já de prato em punho se dirigia à cozinha, quando notou que Geraldo ainda mastigava. Olhou-o, sério, e teve um relâmpago de intuição:

— Escuta: você não é o Sete-Garfos?

— Eu, seu Joaquim?

E o português crescendo:

— É o Sete-Garfos, sim, seu canalha! Rua!

*

Um remorso o acompanhava: o amigo também fora expulso.

Felizmente Indalécio era veterano. Vinte anos de profissão. Relações não lhe faltavam. Botafogo, Laranjeiras, Flamengo, Copacabana. E sabia ser amigo. No primeiro emprego colocou também Geraldo, que durante mês e meio comeu. Não o abandonou.

— Você ainda está na churrascaria do Leme?

— Olha: tu vais agora tentar Ipanema.

— Está bem. No largo do Machado ainda não te conhecem.

— Ouve lá: eu te arranjei uma boate. A comida é perfumaria, mas é quase tudo no escuro.

E Geraldo sempre naquele comer atormentado.

*

Encontrou-se, afinal, por obra do acaso. Já Indalécio estava cansado. Tinha que procurar por conta própria. Era um sábado, ao meio-dia. Não comera na véspera. Não comera aquela manhã. Chegara a pedir esmola. Tinha níqueis no bolso. Já sem esperança, entra num restaurante na praça José de Alencar. Aproxima-se, humilde, da caixa, onde o gerente, roxo de cólera, discutia com um senhor bem-vestido.

— Mas isso não está direito, meu caro senhor! Isso não é hora de desistir de uma feijoada para quarenta pessoas!

O senhor bem-vestido procurava parlamentar. O homenageado fora vítima de um colapso duas horas antes.

— Mas os amigos podem comer, ora essa! — esbravejava o gerente.

A voz macia, baixa, o senhor bem-vestido explicava. Seria um absurdo, uma profanação. Eram os admiradores de um deputado ilustre. Uma elite, apenas quarenta, todos gente de evidência. Incrível seria que se reunissem para se banquetear no momento em que o amigo era encaminhado para a capela do São João Batista.

— Mas ninguém precisa saber — retomou furioso o homem. — Eles comem sem caráter de homenagem. Eu é que não posso perder o meu dinheiro... Eu confiei nos senhores. Ou melhor: confiei no senhor...

— Eu compreendo, mas...

Já de todos os lados olhares se voltavam. No centro do restaurante, irônica, a longa mesa cheia de vasos de flores onde se fariam discursos ao grande prócer da democracia.

O gerente agitou a cabeça, falando mais alto:

— Eu é que não posso ter prejuízo!

O outro quis argumentar:

— Mas o senhor não vai perder a comida...

— Como não, meu amigo? Quarenta feijoadas! O senhor está brincando... De agora em diante eu vou exigir sinal!

— Bem, mas a gente pode entrar num acordo...

Acabaram entrando. O senhor bem-vestido retirou da carteira algumas notas de mil. O outro aceitou relutante. E num gesto dramático:

— Eu queria é que o senhor me dissesse o que vou fazer, a esta hora, com quarenta feijoadas! Quarenta!

Geraldo, tímido, acompanhara a discussão. E era tão longa e funda a fome, que quando deu por si, já havia dito:

— O senhor querendo, eu como...

Os dois homens o encararam. E o gerente já ia fazer o clássico gesto, ao qual Geraldo se acostumara de muito, quando o senhor bem-vestido sorriu:

— O que é que você disse, rapaz?

Geraldo caíra em si, ficou de boca aberta.

— O que é que você disse? – repetiu o homem risonho.

— O... o doutor querendo...

O cavalheiro bem-vestido examinou melhor aquele homem estranho. Tinha espírito esportivo. E afinal a morte do deputado não era assim um problema tão triste. Até resolvia melhor o seu caso. Era o membro da comissão que liderava a oposição ao projeto 1037, de seu particular interesse. A feijoada era uma tentativa de amaciamento. E quase se comoveu diante daquela ilha perdida na geografia da fome.

— Veja lá: você come todas?

— Se o doutor deixar...

O senhor bem-vestido voltou-se para o gerente, que irrompeu:

— O doutor pagou apenas vinte...

E Geraldo, trêmulo:

— Tá bem. Só vinte.

*

Na terceira "canoa" começou a juntar gente. Na oitava, o senhor bem-vestido, aliás suplente de senador, puxou o relógio e pediu desculpas ao eleitorado. Precisava ir à capela do São João Batista. Na décima, um fotógrafo escalado pela manhã para a cobertura do banquete, ao regressar de um crime imprevisto na Penha, ignorando ainda a infausta ocorrência, apareceu apressado.

— Ué! O cara morreu? Que espeto! Se eu soubesse, já tinha mandado revelar as chapas. Peguei um crime e tanto!

Nisso, observou de vinte a trinta pessoas discutindo, rindo, comentando. Aproximou-se.

— Ele já papou dez feijoadas? Não é possível!

Bateu algumas chapas, ficou de telefonar mais tarde ao gerente para o resultado final.

A notícia correra. Alguns clientes que haviam saído na quarta ou na quinta "canoa" estavam de volta, acompanhados de parentes e amigos. Já se faziam apostas. "Come tudo"... "Não come"... "Cai morto!" "Não cai"... Geraldo trabalhava em silêncio, indiferente à multidão, apenas com medo de ser roubado. Por isso exigiu que as "canoas" esvaziadas ficassem na mesa ao lado, para controle.

— Deixa as outras no fogo...

Não comia com pressa. Afobou-se apenas com a primeira, consequência de um vazio de 36 horas. Mas depois dominou-se e mastigava sereno, ingeria feliz, oportunidade que o velho familiar da fome não podia perder.

Atingira a 19ª, quando o senhor bem-vestido voltou. Trazia amigos aos quais contara, no São João Batista, a curiosa aventura. Um deles era médico.

— Você talvez precise socorrer o desgraçado. Ele vai ter, na certa, uma congestão.

Mas Geraldo estava apenas um pouco arroxeado, transpirando muito.

— É da pimenta — explicava uma dona de casa.

Quando viu chegar o seu benfeitor, Geraldo sentiu-se na obrigação de explicar:

— Eu só não estou comendo a parte que é só toicinho, pode ser?

Empresário improvisado, o senhor bem-vestido examinou o panorama geral, voltou-se indignado para o gerente:

— Mas você serviu a feijoada sem cachaça para rebater?

— Abrideira é por fora — disse o homem, cofiando o bigode.

— Sirva a cachaça, ora essa! Unha de fome!

Geraldo não queria cair no desfavor do gerente.

— Agora não é preciso. Falta só uma canoa...

— Sirva!

— Pois não, doutor!

Uma salva de palmas coroou a última garfada. Quase cem pessoas rodeavam Geraldo.

— Você era capaz de recomeçar? — perguntou alguém, lembrando-se da reserva restante.

Os olhos do lidador se iluminaram. Mas o médico veio, tomou-lhe o pulso, auscultou-lhe o coração.

— Fique em pé um momento.

Com certa dificuldade, Geraldo se ergueu.

— Você está se sentindo bem?

— Agora sim, doutor.

O médico tornou a tomar-lhe o pulso.

— É, mas convém não abusar.

As perguntas choviam.

— Você sempre come assim?

— Quisera eu – disse Geraldo.

A gargalhada explodiu, sem que Geraldo lhe percebesse a razão. Nem entendeu a presença de um fotógrafo e a insistência do patrão para que se deixasse retratar junto às vinte "canoas". Esperou que todos se retirassem. Quando se viu a sós com o gerente, procurou explicar-se:

— Eu não falei antes, porque o senhor estava conversando com aquele doutor. Depois veio o negócio da feijoada.

E quase em tom de súplica:

— O senhor não precisa de um garçom?

*

O vespertino das massas deu o furo em página inteira. Nome do dia, sem o saber, Geraldo apareceu no restaurante à hora do almoço, atendendo ao convite do gerente, que o viu chegar, tão bem-disposto, com visível surpresa. Assinou, sem entender, uma autorização que lhe estendia o homem.

— Viu seu retrato no jornal?

Estava inocente. Não comprava jornal. Olhou, espantado, os clientes, leu com esforço a reportagem, sentiu que voltava, afinal, a glória antiga das mesas de São Cosme e São Damião.

— Amanhã sai mais retrato seu — disse o gerente, mandando servir-lhe almoço por conta da casa, dessa vez bem mais modesto.

*

De fato saía. O Recreio das Virgens anunciava que a sua feijoada era à prova de abuso. "Ingredientes escrupulosamente selecionados, confecção esmerada." O insigne comilão brasileiro Geraldo Rebouças era a sua melhor recomendação.

A glória chegava. A princípio, glória com fome, irônica. Porque a publicidade afastara, definitivamente, toda possibilidade de emprego em restaurante, seu único sonho.

— Querendo uma exibição, arranja-se. Mas emprego, neres. A casa iria à falência...

E ele passeava uma tarde a sua amargura pela rua Larga quando um desconhecido abriu-lhe os braços:

— Sete-Garfos?

Confirmou, estômago no fundo.

— Eu procuro você há quinze dias! Já almoçou?

— Ainda não.

— De agora em diante, você vai comer. Tenho emprego pra você!

— Garçom? — perguntou, entre humilde e esperançado.

— Qual garçom, qual coisa nenhuma!

— Mas eu não sei fazer outra coisa!

— Como assim? Perdeu o apetite?

— E... e... eu?

— Tem a mesma fome?

— Infelizmente.

— Pois dê graças a Deus! Você está feito! Você vai viver é dessa fome!

*

Vestiram Sete-Garfos. Pentearam. Alimentaram. A Fábrica de Conservas Dulcimar pagou-lhe vinte mil cruzeiros por um atestado. "Os pêssegos em calda Dulcimar são tão saborosos que eu comeria cem latas como sobremesa..." À hora do pagamento, o caixa quis fazer um acordo: dez mil cruzeiros em dinheiro, dez mil em pêssegos em calda, preço de revendedor. Que Geraldo ia aceitando agradecido, não fosse a intervenção do amigo dos braços abertos. Foi pena. O que poderia ter vindo em comida o outro levou em dinheiro, por haver arranjado o negócio.

Uma indústria de peixes ao óleo ia lançar uma nova marca de sardinhas. Na festa inaugural, oferecida à imprensa e à sociedade, o "conhecido garfo brasileiro Geraldo Rebouças faria uma exibição de sua capacidade de apreciar os bons produtos".

Bem-vestido, alimentado regularmente, Geraldo resolveu industrializar sozinho o suave dom recebido no berço. Rompeu com o amigo, aceitou um contrato de televisão. Durante duas horas comeria, aos olhos de quinhentas mil pessoas, os produtos de quatro firmas associadas para custear o programa caríssimo: as massas alimentícias Caboré, na meia hora inicial, meia hora de goiabada Pescadinha, meia hora de sardinhas Lusas e a meia hora final dedicada aos pepinos cornichões da marca Tommy. Só não se conformava com a ideia de apenas três vezes por semana...

Mas, ao fim de um semestre de autógrafos, Geraldo Rebouças já podia ostentar uma caligrafia excelente.

*

Reconhecido nas ruas, apontado nas praças (aparecera em mais de um jornal cinematográfico), Geraldo atingira a categoria de herói nacional. Foi uma vez a São Paulo, a serviço de um poderoso anunciante. Ao preencher a ficha do hotel, quando lhe perguntaram a profissão, não hesitou: artista. Sim, trabalhava na TV. "Apresenta-se amanhã, no Canal 5, o maior garfo brasileiro", anunciava um jornal. Um americano que estudava o mercado para o futuro estabelecimento de nova uma indústria de gelatinas e pudins pré-fabricados, assegurara por contrato a sua exclusividade nesse campo. Geraldo podia comer, na televisão ou no cinema, o que bem entendesse: macarrão, bolo inglês, toneladas de pizza, dúzias de bandejas de quibe, grosas de latas de *corned beef*, cobras e lagartos. Mas em matéria de pudins e gelatinas devia reservar-se para os produtos Jell-O good. Dez mil cruzeiros mensais de antecipação garantiam sua atuação exclusiva para a famosa marca. E já alguém o sondara sobre outra hipótese: a de demonstrar a pureza do sabonete Levil, oferta que mereceu, de sua parte, a mais indignada repulsa:

— Eu não estou morrendo de fome, tá bem?

*

O país começou a sentir que possuía em Geraldo um motivo de orgulho. O complexo de inferioridade nacional, criado pelas oposições insatisfeitas e pela indiscrição de cientistas, segundo os quais o brasileiro morria de fome, do litoral ao sertão, de norte a sul, olhava aquele ingente comedor como a demonstração do contrário. Revistas médicas apresentavam estudos sobre a constituição excepcional daquele organismo raro, com sua capacidade de absorção e eliminação fenomenais. Geraldo era a compensação para milhões. Centenas de milhares de homens fisicamente deficitários vibravam de emoção aos domingos assistindo aos malabarismos de seus ídolos, que os faziam esquecer a própria e a geral deficiência, rouquejando a superioridade do nosso futebol sobre o de povos saudáveis como o inglês, o americano, o francês, o argentino. Milhões de famintos, agora, esqueciam a própria fome, vendo Geraldo comer.

— Ele come por vinte, ele come por cem, ele come por nós...

E muita gente, apertando a cinta, via agora uma luz no futuro. Geraldo surgira do nada. Um dia chegaria a chance deles. Fome tinham também...

O senhor bem-vestido, que dera a primeira oportunidade a Sete-Garfos — e disso fazia praça — agora senador (empregou por uma fortuna o senador efetivo, numa de suas indústrias), erguia a voz na Câmara Alta para afirmar que Geraldo era mais uma demonstração da mentira dos derrotistas. No Brasil não se morria de fome! No Brasil, até de comer, simplesmente de comer, se podia viver e triunfar!

Enquanto isso, os pepinos cornichões Tommy vendiam-se à pamparra, e a Jell-O good apressava as suas instalações à margem da via Presidente Dutra, a meio caminho entre São Paulo e Rio.

A fama de Geraldo transpusera de há muito as fronteiras. O *Life* dedicara-lhe quatro páginas coloridas. O *Paris Match* uivara de raiva com o furo internacional e vingara-se do Brasil: dedicara um número às favelas do Rio, com estatísticas e fotografias clamorosas.

Foi quando alguém se lembrou de que era chegada a hora de alcançarmos um título internacional. E agitou-se pela primeira vez a ideia de um Concurso Mundial de Comilões no Maracanãzinho. Interessaram-se todas as companhias de indústrias alimentícias, que entraram com fortes somas e construíram estandes para exibição e venda de seus produtos, quase todos beneficiados com *testimonials* de Geraldo Rebouças, para aquela demonstração aos olhos do mundo.

Um jornalista aventou que se proibissem, para o futuro, todas as provas de faquirismo ou de jejuadores, nacionais ou estrangeiros. Devíamos esquecer os títulos já conseguidos nessas provas deprimentes. "Incentivemos os que comem!", dissera em entrevista o senador bem-vestido.

E o país inteiro começou a esperar impaciente o grande certame. Missões foram enviadas à Europa a fim de contratar os campeões de vários países. Ao vencedor, um milhão de cruzeiros. Um jornalista famoso voara aos Estados Unidos para convencer o campeão americano, disposto a concorrer, mas temeroso da comida dos nossos restaurantes. "É preciso estar imunizado", dizia o grande especialista. Mas a comissão organizadora concordou. Ele podia trazer três técnicos em nutrição para fiscalizar a escolha e a preparação do material. Do contrário, Mr. Pimps não se arriscaria e a ausência da grande república irmã tiraria o brilho do conclave, que numa bela tarde de junho teve início. Representações de doze países europeus (fora recusado o campeão russo, para não dar oportunidade à propaganda comunista e não dividir a torcida nacional), oito representantes latino-americanos, Mr. Pimps, e Geraldo Rebouças...

*

Foi um delírio. Orgia foi. Quarenta mil pessoas se comprimiam no estádio.

Por que não se usou o Maracanã de verdade? – perguntavam muitos, comendo goiabada Pescadinha e pepinos Tommy e toda espécie de tentações do paladar.

O morro descera, apesar da ingratidão de Sete-Garfos, que nunca mais lá voltara desde a exibição no Recreio das Virgens, e uma torcida organizada, com camisa de malandro, calça branca e sandálias Joli – cedidas gentilmente – gritava com entusiasmo:

– É o maior! É o maior! É o maior!

Teve início o torneio. Locutores, televisores, repórteres cinematográficos, jornalistas. Gente deixava de comer, para apostar os últimos níqueis. A colônia portuguesa apostava em Rodrigues, o Bruto. Italianos apostavam em Mangia-Tutto, o príncipe da Calábria. Os franceses, em Pantagruel, o comilão mais elegante do mundo. O americano tinha seus fãs.

O regulamento era rigoroso. A fiscalização, estreita. Lá estavam o *Life*, o *Time*, o *Paris Match*, o *Oggi*, as principais revistas do mundo. Locutores de cem estações irradiavam os detalhes. A pressão dos jornais não conseguira feriado local, apesar do apoio do senador bem-vestido, mas o comércio estava praticamente paralisado e em centenas de milhares de casas, diante de aparelhos de rádio ou televisão, milhões acompanhavam cada minúcia do grande torneio.

A primeira parte da prova – três quilos de badejo – foi facilmente ultrapassada pelos concorrentes. "Tomara que o badejo do americano esteja estragado", murmurara um torcedor deselegante.

A segunda prova foram oito quilos de macarrão e eliminou três sul-americanos e quatro europeus. Mangia-Tutto sorria e chegou a afirmar ao microfone, para maior orgulho do Brasil, que nem em Nápoles comera macarrão tão saboroso.

Veio o *round* dos frangos. Novas eliminações. Mangia-Tutto parecia engasgado. Cairia no *round* dos cabritos.

— Reina a maior agitação entre os quarenta mil espectadores deste fabuloso torneio internacional — dizia um locutor, falando para o Brasil e para o mundo. (Era de Pernambuco.) O campeão nacional continua tranquilo e, nos intervalos, concede autógrafos a seus fãs. Restam apenas três concorrentes: Rodrigues, o Bruto (o clamor da colônia impediu por minutos que o locutor continuasse a falar); Mr. Pimps, o Devorador do Texas; e ele, o maior, o maior, Ge-ral-do... Re-bou-ças! Ge-ral-do Re-bou-ças! Ge-ral-do! Re-bou-ças!

Celebrava-se a semifinal. Um peru de seis quilos com farofa. Geraldo sorria, com farinha no queixo. O português vacilava, sufocado. O americano, constrangido pela comissão a aceitar aquele prato, em homenagem ao Brasil, lutava com visíveis esforços. Conseguiu vencer. Mas o português se entalou de tal forma, que, mal se atendo em pé, teve de desistir, por entre lágrimas de desespero de seus torcedores.

Houve um intervalo de quinze minutos para descanso dos campeões (restavam o Brasil e os Estados Unidos) e para comunicação com os hospitais (aqui fala a PR-25, diretamente do hospital do pronto-socorro... Acabam de falecer o representante da Suécia e o famoso Pantagruel, o comilão mais elegante do mundo...). E a torcida a clamar:

— É o maior! É o maior! É o maior!

— Já ganhou! Já ganhou! Já ganhou!

Geraldo continuava impassível. O americano dava-se ao luxo de tomar doze garrafas de certo refrigerante (contrato assinado em Nova York). As apostas subiam de preço. A polícia era obrigada a intervir a cada passo contra grupos que se esbofeteavam. A colônia achava desleal a apresentação do peru com farofa.

Veio o *round* decisivo. Constava de churrasco simples. Não havia limitação. A carne era pesada, diante de fiscais de vários países, e passada aos dois heróis.

— Pelo menos vice nós seremos — pilheriou alguém.

Foi transportado, com fraturas no crânio e costelas partidas, para o pronto-socorro.

Logo nas primeiras garfadas, sentiu-se a superioridade do nacional. Comia mais depressa. Ganhava distância. Devorou o primeiro quilo com um minuto de vantagem sobre o americano. Continuou a avançar. O americano suava, dava mostras visíveis de entalamento.

— O erro dele foi ter assinado aquele contrato — comentou preocupado o embaixador do seu país.

Geraldo pedia o seu quarto quilo de churrasco e o Leão do Texas ainda lutava para devorar o segundo. Já se agitavam os lenços brancos, saudando o vencedor, despedindo o texano.

— É o maior! É o maior! É o maior!

Foi quando os quarenta mil espectadores sentiram o sangue gelar-se nas veias. Geraldo se ergueu, num esforço derradeiro, os olhos esgazeados, o peito opresso, tentou levar a mão à cabeça e, de brusco, desabou sobre a mesa.

Os médicos acorreram. As câmeras se concentraram no exame, um silêncio de morte no estádio.

O americano continuava a mastigar, os olhos voltados para o concorrente. No silêncio geral, a voz embargada pelos soluços, um locutor deu a triste notícia.

Durante dois minutos não se ouviu palavra. O americano mastigava. Nisso, viu-se que ele se voltava para o quadro onde se assinalavam os pontos. Geraldo tinha uma vantagem de quase cinco quilos. Sempre mastigando, ele chamou um intérprete e pediu que lesse determinado item do regulamento. Ouviu a leitura e cruzou o talher. Seria considerado vencedor o concorrente que, chegando até o fim, pudesse retirar-se vivo pelos próprios pés. A vaia explodiu.

— Covarde!

— Sujo!

— Bife sem-vergonha!

Indiferente ao luto nacional, o americano sorria. Tinha o regulamento a seu favor.

O MORTO

Eu já estava de saída. Acabara a reportagem para o dia seguinte, sobre um grupo de amadores de Nilópolis, que estava ensaiando, como peça de estreia, nada menos que a *Antígona*, de Sófocles. Eles não faziam por menos e havia que tratar da coisa a sério, por indicação expressa do diretor, então de namoro com o eleitorado fluminense, pois pretendia candidatar-se a deputado pelo Estado do Rio. Nilópolis era um dos seus redutos.

Fiz descer a reportagem pelo Veloso, o último contínuo que ficara na redação, examinei a carteira, a ver se o dinheiro chegava para o jantar prometido a Maria Cecília no Restaurante das Canoas.

E já apanhara o volume de T. S. Eliot, que andava lendo na ocasião, quando me apareceu, de olhos assustados, o Veloso:

— Tem um camarada querendo falar com o diretor...

— ... que não está — rematei eu.

— Mas ele diz que é urgente!

— É de Nilópolis?

— Não disse de onde.

— Manda o homem voltar amanhã. Você sabe que o velho não está.

— Já mandei. Ele diz que fala com qualquer um...

— Então fale com você, ora essa!

— Ele quer redator.

— O expediente está encerrado. E eu tenho hora marcada...

O contínuo ainda hesitou um momento. Afinal, resolveu-se a ir ao encontro do homem. E já me encaminhava para a porta, quando vi que o contínuo voltava e, atrás dele, chegava o importuno. O Veloso ia dizer qualquer coisa, mas o desconhecido tomou-lhe a dianteira.

— O senhor é redator do jornal?

— Sim — respondi. — Mas com hora marcada. Estou de saída.

— Mas não vai sair sem fazer a retificação, não é verdade? — disse-me com firmeza.

— Que retificação? — indaguei, já profissionalmente interessado.

— No caso do desastre de ontem em Cascadura. Foi o senhor quem escreveu a notícia?

— Foi o repórter policial.

— Uns cretinos! — disse o homem.

Irritou-me o tom.

— Volte amanhã. Terminou o expediente.

O homem pareceu humilhar-se.

— Mas são duas palavras só, meu caro... O senhor toma nota, escreve amanhã. Eu não posso voltar amanhã. Não posso, não poderei voltar nunca!

Disse aquilo num tom tão trágico e tão peremptório, que não pude deixar de encará-lo. Era um tipo mortalmente pálido, modestamente vestido, os olhos muito brilhantes, uma careca branca, onde as luzes da sala punham reflexos, alguns fios puxados da esquerda para a direita, como a querer disfarçá-la.

— É uma simples retificação — disse o homem apressando as palavras. — É apenas no nome do morto. O senhor leu a reportagem?

Confessei que não. O desconhecido estendeu-me o jornal amarrotado, desdobrando-o:

— Olhe aqui. O jornal diz que o morto se chamava José de Ávila Cardim, funcionário público... Não é verdade.

— E quem foi?

— José Silveirinha do Amaral — disse ele com solenidade.

— E como sabe?

— Porque sou eu...

— Não estou entendendo.

— É simples. Quem morreu não foi o tal de Cardim, que estava ao meu lado. Fui eu...

O contínuo arregalou os olhos. Devo ter feito o mesmo.

— Como assim?

O homem sorriu, um sorriso pálido e longínquo, só agora o notava.

— Explica-se a confusão. Eu tinha o cartão dele no bolso. Havíamos travado conhecimento pouco antes. Ele ia me ajudar num negócio meu na repartição de obras da prefeitura. Naturalmente encontraram o cartão e pensaram que era o meu nome.

Tornou a sorrir, de muito longe:

— Como se cartão de visita fosse carteira de identidade...

Olhei-o, aturdido. Ele parecia satisfeito. Cumprira o seu dever.

— O senhor publica a retificação?

— Pu... publico — disse um pouco assustado.

— Era só. Muito obrigado.

E voltou-me as costas, rumando para a porta. Fiquei a olhá-lo, com um suspiro de alívio. Aliás, o contínuo já desaparecera, apavorado. Foi quando o homenzinho se voltou.

— Guardou bem o nome?

— José Silveirinha Amaral — disse rapidamente.

— Do Amaral — corrigiu o homem. — Não pense que é questão de vaidade. Não ligo para essas coisas. Principalmente agora, no estado em que me encontro... É apenas porque tenho parentes em Minas: em Juiz de Fora, em Barbacena... Eles precisam saber...

— Não há dúvida, meu amigo.

E para tranquilizá-lo, pus o papel na máquina e anotei-lhe o nome.

— O senhor vai redigir a nota já?

— Vou anotar, apenas. Amanhã cuido disso. Tenho um encontro daqui a dez minutos.

O homem estava agora a meu lado e examinava curioso a folha de papel onde seu nome se alinhava, com o *do* inclusive.

— O senhor não prefere escrever já? Assim eu fico mais tranquilo.

— O meu bom amigo vai me desculpar — argumentei, preocupado com a ausência do contínuo (ele teria ido pedir socorro?)... — Mas é que eu, infelizmente, tenho um encontro. Já vou chegar atrasado...

E quis bater-lhe amigavelmente a mão no ombro. O homem se afastou.

— Lembre-se de que estou morto — garantiu ele.

Recuei, alarmado, porque brilhavam como nunca seus olhos esbugalhados. E procurando ser cordato:

— Desculpe. Eu não me lembrava.

— Não se lembrava? Se eu lhe fiz a declaração há poucos minutos! Desse jeito o senhor não vai escrever a notícia amanhã! Já vi que é desmemoriado!

E sério e autoritário:

— Escreva já.

Obedeci ao seu gesto, sentei-me, ajeitei o papel na máquina. Por onde se teria metido o miserável do Veloso? Ergui-me, num esforço heroico, fui à parede, acendi todas as luzes da sala, toquei disfarçadamente a campainha que dava para as oficinas. Talvez alguém subisse.

— Escreva — disse o homem.

— Não quer sentar-se um pouco? — disse-lhe no tom mais amistoso e calmo que possuía.

O homem fez um gesto de braços abertos para trás, um brilho irônico e piedoso nos olhos.

— Sentar... como?

— Ah! É verdade! — confirmei, compreensivo.

E sentindo que ninguém da oficina subiria em meu socorro:

— Bem... Vamos redigir a retificação... Então o amigo...

— ... Morreu esmagado, ontem pela manhã, pelo povo, que enchia o vagão no momento em que se deu o terrível desastre de Cascadura... Eu sempre tive a cisma de que acabaria morrendo em desastre da Central...

E escandindo as palavras:

— José Silveirinha do Amaral, 48 anos, branco, viúvo, residente em Nova Iguaçu. Quer a rua?

— Talvez não seja preciso — disse eu, tentando aparentar displicência.

Ele encolheu os ombros:

— Morte de pobre não precisa de endereço...

— O amigo querendo eu ponho... É só dizer... (Por onde se escapulira o contínuo?)

Mas o desconhecido não parecia dar importância ao detalhe:

— Não adianta... Nem sequer é a casa toda. Eu alugava apenas um quarto...

Encarava-me agora, brilho sinistro nos olhos saltados.

— Sou professor aposentado de jiu-jítsu...

Fiquei gelado. Devia estar mil vezes mais pálido que ele. Porque um súbito clarão fulgurou em seus olhos.

— Me diga uma coisa: você não está morto também?

Gaguejei um *chi lo sa* trêmulo. O homem avançou para mim, os olhos crescidos:

— Você não está me tapeando?

— Eu? Eu já redigi a notícia, meu caro. Direitinho... Quer que leia?

Ele se aproximou ainda mais, desconfiado:

— Você está me tapeando...

— Juro por Deus que não!

— Veja lá! Comigo eu não admito brincadeiras!

Olhei para os lados. Das oficinas não subira ninguém. Se eu escapasse daquela aventura, exigiria, no dia seguinte, a demissão do contínuo. Ou ele ou eu no jornal. Canalha!

— Veja lá! — repetiu o homem. — Vai ver que você também é morto e está querendo me enganar, dizendo que trabalha no jornal!

Vi naquilo a minha salvação.

— Juro que trabalho, meu amigo. Faço reportagens, faço entrevistas, tenho uma coluna diária de reclamações do povo! Quer que eu chame alguém para comprovar?

E corri à porta que dava para as oficinas, onde ainda havia muita gente.

— Sente-se! — ordenou ele.

Sentei-me na cadeira mais próxima.

— Eu quero só que você me explique essa palidez. Isso é palidez de morto!

— Ora, que ideia! Eu estou até corado!

O homem, José Silveirinha do Amaral — *do* Amaral — tomou de uma folha de papel.

— Você está mais branco do que esta folha. Tem um espelho?

— Posso ir buscar — disse reanimando-me.

— Não é preciso. Sente-se.

Olhou-me sério.

— Levante-se.

Levantei-me.

— Sente-se.

Sentei-me.

Ele tomou a atitude de quem pesa os fatos.

— É... morto você não está... morto não levanta... morto não senta... morto não escreve... Acabou a notícia?

— A... acabei. Só não pus o endereço... Quer que ponha?

O desconhecido hesitou.

— Não sei. Como eu disse, é um detalhe sem importância. Era só um quarto... não era a casa toda... Por sinal que eu estava atrasado seis meses no aluguel.

E com um sorriso:

— Dona Cristina vai ficar por conta. Seis meses! Quero só ver se ela tem coragem de ir me cobrar no necrotério...

Saltei da cadeira:

— Onde?

— No necrotério... Você não sabia? Ainda não me enterraram... Estou lá todo desgraçado... todo arrebentado...

Sorriu novamente:

— Quer me ver no necrotério?

— Gostaria – disse eu, com uma sinceridade inesperada.

— Então venha comigo!

O convite desceu como inspiração do meu anjo da guarda.

— Com muito gosto!

E me levantei, temeroso de que ele me lesse o pensamento.

José Silveirinha do Amaral – *do* Amaral – fez-me um gesto.

— Me acompanhe!

Dirigiu-se para a porta, acenou de longe que o seguisse. Acompanhei-o trêmulo, esperança na alma. Íamos para a rua. Se ele entrasse no elevador primeiro, eu fecharia a porta, ganharia a escada, me trancaria numa sala ou no banheiro. Mas ele era gentil. Deu-me passagem:

— Faça obséquio.

Entrei. Ele entrou a seguir no elevador, que era automático.

— Vamos, meu caro. Você vai ficar impressionado. Eu nunca imaginei que acabaria daquele jeito!

E crescia, no pequeno elevador que mal dava espaço para quatro pessoas. Eu suava frio.

— Fiquei completamente esbagaçado – continuou o estranho. – Um molambo... uma plasta...

Tive a impressão de que, somente após muitas horas, a porta do elevador se abriu, numa parada brusca. Havia um barulho de vida na larga rua cheia de povo.

O homem saiu. Saí. Senti que ele me queria apanhar pelo braço.

Consegui desvencilhar-me. Estávamos na calçada. Um grupo grande, à nossa frente, discutia futebol. Embarafustei rapidamente pelo meio deles, escondi-me atrás do mais alto. José Silveirinha do Amaral sentiu-se perdido. Procurava-me com ânsia. Um desespero crescente brilhava em seus olhos. Voltava-se para a porta do jornal, virava-se para a esquina, devorava os carros que passavam, os ônibus, as lotações, sem compreender.

Depois, pareceu resignar-se, desistir. Deu alguns passos incertos e afinal se recuperou novamente e saiu caminhando. Era agora um homem na multidão, visto por alguns, não visto pelos mais. Eu talvez já estivesse esquecido. Vendo aquele homem singular, isolado no seu mundo, veio-me, porém, a tentação de acompanhá-lo. Quem imaginaria que, de passo tão calmo e indiferente, caminhava entre os vivos um homem dentro de sua morte? Ele chegava à esquina. Alguns paravam, esperando o sinal. Perfeitamente lógico, ele seguiu. Quase dei um grito de horror. Um carro era freado bruscamente. Por um triz o apanhava. Vi José Silveirinha do Amaral dar um salto de gato, pronunciar uma blasfêmia, e só então me lembrei de Maria Cecília, que me esperava, sabe Deus com que justificada irritação.

VALENTE

— Este é manso?

— Uma seda — informou o caboclo.

— Não empina? Olhe que sou mau cavaleiro...

— Pode ficar descansado...

Montei, meio canhestro. Confesso que ia subindo pela direita, mas lembrei-me a tempo de uma indicação ouvida na infância, dei a volta por trás, de longe — não fosse ele me arrumar um coice! — e escanchei-me, como pude, no animal.

Já os companheiros de hotel galopavam longe. Tinham sabido escolher... Porque logo vi que o Valente — assim o chamara o rapaz — ia representar, para mim, muita dor de cabeça. Dei-lhe com os calcanhares nas ilhargas. O animal ergueu o focinho, bufou, baixou a cabeça, ficou firme.

— Vamos, Valente!

Tive a impressão de que ele enterrava as patas no solo.

— Como é, o bicho não anda?

— Meta o chicote — disse o caboclo.

Obedeci. O bicho imóvel. Olhei indignado o caipira.

— Anda, Valente — ordenou ele.

O animal ergueu a cabeça.

— Anda, Valente! — repetiu.

Valente bufou de novo e saiu trotando, um trote duro, rápido, emburrado. Meti-lhe os pés, novamente. Puxei as rédeas. Soltei. Puxei de novo. Quis mudar-lhe a marcha. Valente continuava a trotar, reagindo às vezes com bufidos bravios contra minhas tentativas de controle. Marchara cem ou duzentos metros. Súbito, parou, baixou a cabeça, olhou o capim e pôs-se a arrancar, com rumor, touceiras nutridas, que mastigava com gosto. Debalde chicoteei. Em vão usei as rédeas. Inutilmente dei-lhe patadas na barriga roliça, com tapas e chibatadas nas ancas redondas. Valente baixava o focinho, abocanhava a touceira, dava um puxavão e ficava a marcar o compasso do mastigo com movimentos de cabeça para a direita e para a esquerda, desinteressado de vez pelo improvisado cavaleiro.

Resolvi encurtar a rédea, na primeira tentativa do matungo para voltar às vitaminas do chão. Mas, ao ver que ele começava a levantar as patas dianteiras, ensofregado, achei melhor não insistir. Mais prático humanizar-me. O bicho devia ter fome. Que se alimentasse. Lutar seria inútil. Afrouxei as rédeas, esperei. A refeição recomeçou, já tranquila. Os braços moles, o rebenque largado, aguardei, paciente. Afinal, vi-o erguer a cabeça, devorar o último feixe de capim.

— Vamos, Valente.

Ele pareceu compreender. Estava satisfeito. E começou a caminhar. Animado, resolvi alcançar os amigos. Espicacei-o, com os calcanhares desajeitados, os pés a escapar-me do estribo, dificuldade enorme em encaixá-los de novo, aplicando o chicote que evidentemente não fazia mossa, no lombo do gorducho. Valente parecia ter ideias próprias sobre o assunto. Não mudava o passo. Ou melhor, se eu batia, diminuía a marcha. Se largava as rédeas, corria. E tinha um fraco por beira de estrada. Por mais que eu procurasse dirigi-lo, Valente insistia em marginar o caminho. E chibateado era eu, pelos ramos baixos. Um galho espinhento quase me levou o olho esquerdo, numa curva.

— Vamos pelo centro, cavalo sem-vergonha!

Ele relinchava bem-humorado, toc-toc-toc, parecendo encontrar um prazer infinito na manhã luminosa. Mas logo vi que a primeira refeição não bastara. E que ele gostava também de capim raso. Porque repentinamente quase lhe desci pelo pescoço. Valente encontrara, no meio da estrada, um capinzinho esquecido, baixo e sem maior importância. Estacou, soltou uma violenta baforada, como a expelir poeira e detritos, e, com volúpia, começou a comer. A experiência anterior me ensinara a esperar. Não fiz outra coisa. Que ele enchesse o bandulho. Creio que encheu. Sem a menor pressa, valha a verdade. De uma porteira à direita duas cabrochas apontavam, olhando-me, com visíveis sinais de estranheza. Surpreendido pela ironia que lhes boiava nos olhos, assumi o ar generoso do ginete compreensivo, que reconhece nos cavalos o direito universal de alimentar-se. Deixei cair mais a rédea, como se por vontade minha estivesse a comer, e pus-me a dar pancadinhas amigas no dorso onde a transpiração produzia uma desagradável umidade. Enxuguei na calça o suor repugnante. E comecei a assobiar, para fingir displicência.

As cabrochas seguiram, após um rápido exame, possivelmente convencidas — que sei eu? — do meu domínio do animal. Faziam sua poeirinha vermelha, cada vez mais longe. Afinal, debaixo de um barbatimão, lá na frente, onde uma revoada de anuns pairava ao sol, vi que uma delas se voltava. A companheira a imitou. Compreendi, então, que Valente já acabara de comer há muito e parecia disposto a fazer o quilo, imóvel, no meio da estrada, como se formássemos, eu e ele, uma estátua equestre em pleno campo. Aí deixei-me tomar de fúria infinita. E passei a escoceá-lo de rijo, enquanto o chicote lhe cantava nas ancas. Graças a Deus as garotas se haviam perdido numa curva distante, já não podiam ver o espetáculo daquela impotência: o campo, a estrada, a cerca, uma porteira aqui, o barbatimão ao longe, os anuns agora perto e um homem desesperado, aos pinchos, em cima de um cavalo de mármore cinzento.

— Anda, cachorro ordinário! Toca, burro morto! Caminha, sem-vergonha!

O triste foi que, na violência do furioso espancar, meu chicote voou. Estava agora em cima do bruto impassível, o sol cada vez mais ardente, dispondo apenas dos calcanhares, cujo efeito era nulo. Precisava reaver o chicote. Mas como? Sem descer, não seria possível. Deixei-me escorregar, num movimento inexperto, a rédea na mão. Quis pegar o chicote. Estava longe.

— Anda, Valente.

Valente desviou a cara, indiferença olímpica nos olhos. Puxei pela rédea, Valente inamovível. Ergui a mão para esbofeteá-lo. Não completei o gesto. Arreganhando os beiços, numa risada de dentes limosos, Valente choveu-me na cara e no peito um líquido pastoso, que me fez recuar, largando a rédea.

Limpando o rosto com a manga da camisa, senti o trágico da situação. E se o bruto fugisse? Num relâmpago, apanhei o chicote e, quase sem transição, consegui agarrar, assustado, a rédea, ganhando outra vez o relativo controle do bicho. A vontade era dar-lhe com o cabo do chicote nas fuças. Vontade sem coragem, claro. Mas fiz nova tentativa de arrancá-lo ao lugar. Frustrada, como seria de prever. Vocação dele era estátua. Resolvi então completá-la. Montei de novo. Olhei para os lados. Apenas o revoar dos anuns, que pareciam grasnar, num tom chocarreiro.

— Como é, Valente, vamos?

Falei com tal humildade que Valente pareceu comover-se. E num chouto pausado, regular, tranquilo, retomou a marcha.

O melhor é não irritar o infeliz, pensei. E fui deixando a rédea frouxa. Caminhamos assim um ou dois quilômetros. O Hotel Fazenda Santa Lúcia ficava a pouco mais de meia légua da cidade, onde meus amigos há muito esperavam por mim. Chegaria, afinal! Mas desgraça era a minha... Junto a uma nova porteira, a estrada se bifurcava. Sabia eu qual a que levava à cidade! Em direção a ela puxei a rédea. Mas já Valente barafustava para a direita. Puxei para a esquerda com mais força, Valente já com dois corpos adentro no caminho errado. Premido pelo meu gesto, Valente parou. Animei-me.

— Pra cá, Valente.

Valente parado.

— Vamos, Valente.

Valente emburrado.

De paciência me armei. Tolice teimar. Sempre de rédea puxada para a esquerda, fiquei esperando. Valente, de focinho forçado para a esquerda, esperava também. A uma distração minha, porém, afrouxando a rédea, ele se movimentou, dessa vez a trote, logo a seguir num galope festivo, no rumo para mim desconhecido, que se abria à direita.

E agora? Onde me levaria o canalha? Pelo menos o galope era mais tolerável que o trote duro, socador de entranhas. Mas para onde, meu Deus, para onde marchava? Di-lo-ia aquele crioulo que apontava na primeira curva. Perguntei gritando, que o galope era vivo.

— São João Nepo...

Não ouvi o resto, mas devia ser "muceno"... Lá ia eu... Pacatá, pacatá, pacatá... Valente devia ter encontro marcado, lembrara-se agora.

Porque o galope era cada vez mais veloz. Tinha pressa em chegar. Oxalá não fosse longe... E oxalá resolvesse voltar... Pacatá, pacatá, pacatá...

Eu já me agarrava ao santantônio, pelas dúvidas. Já tentara frear a marcha, sem proveito. Ouvi, longe, um nitrido. Olhei. Égua devia ser. Pedi a Deus, com sinceridade, que não fosse ela o tipo de Valente. Felizmente não era, porque uma parada brusca daria comigo em terra, sem apelação. Valente nem olhou para a irmã de raça. Mas já se anunciava além um riacho.

— Deus permita que ele não esteja com sede — pensei em voz alta.

Ele estava. Diminuiu lentamente a marcha e se encaminhou para a ribanceira, que era abrupta e me levou a recorrer novamente ao santantônio. Desceu, com inesperados cuidados, entrou na água, tentei retê-lo, porque a água já me batia ao nível dos sapatos, foi em vão. Ele queria pelo menos um banho de assento. As pernas esticadas para os lados, numa ridícula atitude de ginástica, esperei com paciência que Valente se desalterasse. Toda a pressa anterior desaparecera. Ou talvez a corrida fosse apenas resultante da sede. Ele sabia onde encontrar água fresca, limpa, restauradora, naquela manhã de sol inclemente. Caprichos tinha. Bebia aqui, dava alguns passos, ia mais adiante, a água cristalina já a molhar os arreios. Depois, sorveu talvez meio litro, ergueu a cabeça, como quem lavava a bocarra e voltou-se, espadanando água, ribanceira acima.

— Iremos voltar? — perguntei-me, com profunda ansiedade.

Equilibrei-me como pude na sela, Valente a subir numa escalada fogosa. Já na estrada, muito sutil, não fosse irritá-lo, puxei de leve a rédea para a esquerda. Se ele estivesse disposto a regressar, eu acenderia uma vela a Santo Antônio, que devia ser o protetor dos maus cavaleiros. Um movimento enérgico, voluntarioso, do animal, fez-me compreender que São João Nepo... – muceno, por certo – devia estar no seu roteiro. Desespero infinito me tomou. Não podia, de forma alguma, ficar aos caprichos de um cavalo velho, numa estrada desconhecida. Havia que reagir, de qualquer modo... Valente era teimoso? Teimoso eu seria. Dei então à rédea um puxavão brutal. O canalha empinou, como na estátua de não sei que general da Guerra do Paraguai. Por um triz não fui jogado ao ribeirão. Tratei de transigir. Afrouxei as rédeas. Eu, ele, o córrego, a paisagem tranquila, o sol cada vez mais alto. Veio-me a vontade de o largar ali mesmo. Havia mais de hora e meia que pelejava naquela agonia com o bruto indomável. Mas como voltar a pé, como prestar contas ao proprietário, como enfrentar a vaia dos companheiros de hotel? Não. Desistir não podia. Fosse tudo pelo amor de Deus... E quase me senti feliz quando vi que Valente resolvia caminhar, embora com destino próprio. Oxalá fosse apenas São João Nepomuceno... Sim, porque era impossível prever... E se ele resolvesse visitar a capital, a trezentos quilômetros? E se o dono me denunciasse à polícia como ladrão de cavalo? Toc-toc-toc, a marcha lenta. Marcha, não, trote sem rendimento, mais para me deslocar o fígado e os rins que por outra coisa. Mas, pelo menos, quem me visse de longe talvez pensasse que era eu quem ia a São João Nepomuceno...Toc-toc-toc... Surgia, agora, à beira da estrada, uma casinhola de barro socado, moleques brincando, uma cabocla no batente, a sugar um cachimbo comprido. Como quem precisa de apoio humano, cumprimentei-os com um gesto largo, só respondido pelos garotos, a cabocla impassível. Lá íamos nós, eu e Valente, agora pacatá, pacatá, pacatá, outra vez apressado. Se eu voltasse, ah se eu voltasse, moeria de soco, encheria de bofetões a cara do miserável que me alugara aquela seda... Ah, se eu voltasse...

Mas já se avistava ao longe o que devia ser São João Nepomuceno. Casas de taipa, uma ruela a subir. Que surpresas me reservava o patife? Já ganhávamos o povoado. Gente humilde, curiosa, acompanhava o nosso galopar intempestivo. Alcançávamos a praça da possível matriz. Valente conteve o passo, diante de um garoto a correr. Depois, encaminhou-se por conta própria em direção a uma vendinha, junto à qual o cinema anunciava função para o domingo seguinte, filme de faroeste, com um Buck Jones qualquer, as patas do bucéfalo à procura do céu, ele altaneiro e viril dominando-lhe a fuça. Rezei baixinho para que Valente não visse o retrato do colega americano. Se resolvesse imitar-lhe a atitude, que seria de mim, nem Buck, nem Jones, nem nada? Mas Valente não tinha o sentido do monumental. Era da teima simples e emperrada, primava pela resistência passiva. Eu ia ver, novamente. Porque se encaminhava agora a passo lento para um botequim onde seis ou oito indivíduos bebiam cachaça, batiam papo, descalços, chapéu de palha, os olhos em mim. Fiz uma derradeira tentativa para assenhorear-me da situação. Vi ser inútil, de novo. Valente se encaminhava para o botequim, estacava um segundo e, logo a seguir, duro de queixo e de vontade, subia na calçada, afastando um crioulo que me olhou de ar ofendido, dificilmente desfeito pelo meu bom-dia...

Será que ele vai entrar? – foi a minha pergunta mental. Não ia. Valente era estátua de novo ao longo da calçada de tijolos velhos e parecia simplesmente esperar – ordenar, seria o termo – que eu descesse. Realmente, seria a solução menos desonrosa. Pensariam que eu desejava comprar alguma coisa. Desci, vi um mourão providencial onde enrolei a ponta da rédea, muito sem arte, e entrei no botequim. Olhei o balcão modesto, as prateleiras quase vazias. Comprar o quê? Uma reminiscência do tempo infantil me veio à flor dos lábios e até hoje não me perdoo a estupidez da pergunta:

— Tem anil?

— É botequim – limitou-se a responder o proprietário, palitando a boca.

— Então me dê uma cachaça – acrescentei como náufrago.

O mulato apanhou a garrafa, estendeu-me um copo embaçado:

— Dupla?

— Pode ser.

*

— O senhor está hospedado no Hotel Fazenda Santa Lúcia? – perguntou o mulato, preparando um palito com o facão.

Tomei novo gole – estava no terceiro copo – e confirmei.

— Tá na hora de voltar, doutor. Eles servem almoço até uma e meia. Depois, cobram extraordinário. Já "são" uma e vinte...

Eu era o único freguês, no momento. Os outros já se haviam retirado, exatamente para almoçar. Tranquilo, Valente continuava no passeio, uma ou outra vez ameaçando rebentar com a pata os velhos tijolos da calçada.

— É, tenho que rodar... – afirmei desanimado.

Ficara talvez duas horas no botequim, interessado em mil assuntos, a pedir informações sobre tudo. Salários, custo de vida, regime de trabalho, intrigas, politicagem, maledicência local. Claro que eu precisava montar. Havia que tentar a volta, mas não me atrevera a passar vexame diante daqueles homens simples, cujo olhar malicioso eu surpreendia a cada passo, em direção ao cavalo.

— Cavalo bom... — dissera um deles, a certa altura, e frouxos de riso haviam coroado a observação de aparência inocente.

Sem dúvida conheciam de sobra a fama do animal e esperavam que eu me resolvesse a cavalgar outra vez. Mas decidi adotar a política por ele seguida: resistência passiva. E continuei a beber e bater papo. Faria a tentativa com o mínimo de espectadores. Que foram, pouco a pouco, se dispersando. Um era chamado para a boia. Outro tinha, realmente, o que fazer. Por fim, meu público ficara reduzido ao Zé Mãozinha (quando lhe ouvi o apelido foi que notei o defeito). Ainda assim, hesitava. Já não tanto pelo receio do fiasco, quanto pelo horror da viagem de volta, que longa seria... Por isso entrava na cachaça, uma pinga de quarenta graus que recendia a léguas. Eu não fizera a menor alusão ao cavalo, apesar de todas as deixas e provocações. Oficialmente o animal era bom, oficialmente eu precisava de anil, que Zé Mãozinha mandara buscar na vendinha do Hilário "O senhor não precisa se incomodar...". Mas fora inútil toda a minha discrição... Porque pouco depois de me recordar que estava quase a perder o almoço, Zé Mãozinha, com a maior naturalidade, me avisou:

— O senhor querendo voltar, já pode...

Encarei-o, sem entender.

— Agora já pode voltar — repetiu, apontando, com o palito recente, o animal que se agitava.

— É tempo de Valente voltar. Tá na hora do milho...

Deixei cair a máscara, na alegria da libertação.

— Tem certeza, Mãozinha?

A cachaça nos fizera amigos.

— Eu conheço esse patife há dez anos... Pode montar que ele agora vai...

— Tem certeza, Mãozinha?

Atirei com o dinheiro no balcão, apanhei a rédea, montei apressado. Zé Mãozinha dissera a verdade. Mal sentiu o meu peso, Valente ergueu o pescoço altivo, sem esperar comando, nem tive tempo de gritar até logo. Num segundo cruzamos a praça, alcançando a ruela infeliz. Ao ganhar a estrada, num último adeus, voltei-me. Da porta do botequim Zé Mãozinha me chamava, com sinais desesperados, agitando qualquer coisa no ar. Compreendi logo o que se passava. De fato, para pagar vinte mil-réis eu dera uma nota de duzentos. Mas nem eu nem Valente estávamos interessados no troco.

AS CORES

Maria Alice abandonou o livro onde seus dedos longos liam uma história de amor. Em seu pequeno mundo de volumes, de cheiros, de sons, todas aquelas palavras eram a perpétua renovação dos mistérios em cujo seio sua imaginação se perdia. Esboçou um sorriso. Sabia estar só na casa que conhecia tão bem, em seus mínimos detalhes, casa grande de vários quartos e salas onde se movia livremente, as mãos olhando por ela, o passo calmo, firme e silencioso, casa cheia de ecos de um mundo não seu, mundo em que a imagem e a cor pareciam a nota mais viva das outras vidas de ilimitados horizontes.

Como seria cor e o que seria? Conhecia todas pelos nomes, dava com elas a cada passo nos seus livros, soavam aos seus ouvidos a todo momento, verdadeira constante de todas as palestras. Era, com certeza, a nota marcante de todas as coisas para aqueles cujos olhos viam, aqueles olhos que tantas vezes palpara com inveja calada e que se fechavam, quando os tocava, sensíveis como pássaros assustados, palpitantes de vida, sob seus dedos trêmulos, que diziam ser claros. Que seria o claro, afinal? Algo que aprendera, de há muito, ser igual ao branco. Branco, o mesmo que alvo, característica de todos os seus, marca dos amigos da casa, de todos os amigos, algo que os distinguia dos humildes serviçais da copa e da cozinha, às vezes das entregas do armazém. Conhecia o negro pela voz, o branco pela maneira de agir ou falar. Seria uma condição social? Seguramente. Nos primeiros tempos, perguntava. É preto? É branco? Raramente se enganava agora. Já sabia... Nas pessoas, sabia... Às vezes, pelo olfato, outras, pelo tom de voz, quase sempre pela condição. Embora algumas vezes – e aquilo a perturbava – encontrasse também a cor social mais nobre no trato das panelas e na limpeza da casa. Nas paredes, porém, nos objetos, já não sentia aquelas cores. E se ouvia geralmente um tom de desprezo ou de superioridade, quando se falava no negro das pessoas, que envolvia sempre a abstração deprimente da fealdade, o mesmo negro nos gatos, nos cavalos, nas estatuetas, vinha sempre conjugado à ideia de beleza, que ela sabia haver numa sonata de Beethoven, numa fuga de Bach, numa *polonaise*[1] de Chopin, na voz de uma cantora, num gesto de ternura humana.

Que seria a cor, detalhe que fugia aos seus dedos, escapava ao seu olfato conhecedor das almas e dos corpos, que o seu ouvido apurado não aprendia, e que era vermelho nas cerejas, nos morangos e em certas gelatinas, mas nada tinha em comum com o adocicado de outras frutas e se encontrava também nos vestidos, nos lábios (seriam os seus vermelhos também e convidariam ao beijo, como nos anúncios de rádio?), em certas cortinas, naquele cinzeiro áspero da mesinha do centro, em determinadas rosas (e havia brancas e amarelas), na pesada poltrona que ficava à direita e onde se afundava feliz, para ouvir novelas? Que seria a cor, que definia as coisas e marcava os contrastes, e ora agradava ora desagradava? E como seria o amarelo, para alguns padrão de mau gosto, mas que tantas vezes provocava entusiasmo nos comentários do

---

[1] Denominação francesa para aquela que é considerada a dança nacional da Polônia. O célebre pianista polonês Fryderyc Chopin (1810-1849) é conhecido por ter composto, ao longo de sua vida, belas *polonaises*. (N.E.)

mundo onde os olhos *viam*? E que seria *ver*? Era o sentido certamente que permitia evitar as pancadas, os tropeções, sair à rua sozinho, sem apoio de bengala, e aquela inquieta procura de mãos divinatórias que tantas vezes falhavam. Era o sentido que permitia encontrar o bonito, sem tocar, nos vestidos, nos corpos, nas feições; o bonito, variedade do belo e de outras palavras sempre ouvidas e empregadas e que bem compreendia, porque o podia sentir na voz e no caráter das pessoas, nas atitudes e nos gestos humanos, no *Rêve d'Amour*,[2] que executava ao piano, e em muita coisa mais...

Ver era saber que um quadro não constava apenas de uma superfície estranha, áspera e desigual, sem nenhum sentido para o seu mundo interior, por vezes bonita, ao seu tato, nas molduras, mas que para os outros figurava casas, ruas, objetos, frutas, peixes, panelas de cobre (tão gratas aos seus dedos), velhos mendigos, mulheres nuas e, em certos casos, mesmo para os outros, não dizia nada...

Claro que *via* muito pelos olhos dos outros. Sabia onde ficavam as coisas e seria capaz de descrevê-las nos menores detalhes. Conhecia-lhes até a cor... Se lhe pedissem o cinzeiro vermelho, iria buscá-lo sem receio. E sabia dizer, quando tocava em Ana Beatriz, se estava com o vestido bege ou com a blusa lilás. E de tal maneira a cor flutuava em seus lábios, nas palestras diárias, que para todos os familiares era como se a visse também.

— Ponha hoje o vestido verde, Ana Beatriz...

Dizia aquilo um pouco para que não dessem conta da sua inferioridade, mais ainda para não inspirar compaixão. Porque a piedade

---

[2] Compilação de três peças musicais para piano compostas pelo famoso músico húngaro Franz Liszt (1811-1886). De todas, a que acabou se tornando mais conhecida foi a Nº 3. (N.E.)

alheia a cada passo a torturava e Maria Alice tinha pudor de seu estado. Seria mais feliz se pudesse estar sempre sozinha como agora, movendo-se como sombra muda pela casa, certa de não provocar exclamações repentinas de pena, quando se contundia ou tropeçava nas idas e vindas do cotidiano labor.

— Machucou, meu bem?

Doía mais a pergunta. Certa vez a testa sangrava, diante da família assustada e do remorso de Jorge, que deixara um móvel fora do lugar, mas teimava em dizer que não fora nada.

E quando insistiam, com visita presente, para que tocasse piano, era sistemática a recusa.

— Maria Alice é modesta, odeia exibições...

Outro era o motivo. Ela muita vez bem que ardia em desejos de se refugiar no mundo dos sons, para escapar aos mexericos de toda gente... Mas como a remordia a admiração piedosa dos amigos... As palmas e os louvores vinham sempre cheios de pena e havia grosserias trágicas em certos entusiasmos, desde o espanto infantil por vê-la acertar direitinho as teclas à exclamação maravilhada de alguns:

— Muita gente que enxerga se orgulharia de tocar assim...

Nunca Maria Alice o dissera, mas seu coração tinha ternuras apenas para os que não a avisavam de haver uma cadeira na frente ou não a preveniam contra a posição do abajur.

— Eu sei... eu já sei...

E como tinha os outros sentidos mais apurados, sempre se antecipava na descrição das pessoas e coisas. Sabia se era homem ou mulher o recém-chegado, antes que se pusesse a falar. Pela maneira de pisar, por mil e uma sutilezas. Sem que lhe dissessem, já sabia se era gordo ou magro, bonito ou feio. E antes de qualquer outro, lia-lhe o caráter e o temperamento. Àqueles pequeninos milagres de sua intuição e de sua capacidade de observar, todos estavam habituados em casa. Por isso lhe falavam sempre em termos de quem via, para quem via. E nesses termos lhes falava também.

O livro abandonado sobre a mesa, o pensamento de Maria Alice caminhava liberto. Recordava agora o largo tempo que passara no Instituto, onde a família julgara que lhe seria mais fácil aprender a ler. Detestava o ambiente de humildade, raramente de revolta, que lá encontrara. Vivendo em comunidade, sabia facilmente quais os que enxergavam, sem que nenhum desses se desse conta disso ou dissesse que enxergava. Pela simples linguagem, pela maneira de agir o sabia. E ali começara a odiar os dois mundos diferentes. O seu, de humildes e resignados, cônscios de sua inferioridade humana, o outro, o da piedade e da cor.

— Me dá o cinzeiro vermelho, Maria Alice...

Maria Alice dava.

— Vou ao cinema com o vestido claro ou com aquele estampado, Maria Alice?

Maria Alice aconselhava.

Ninguém conseguia entender como sabia ela indicar qual o sapato ou a bolsa que ia melhor com este ou aquele vestido. Quase sempre acertava. Assim como ninguém sabia que, com o tempo, Maria Alice fora identificando as cores com sentimentos e coisas. O branco era como barulho de água de torneira aberta. Cor-de-rosa se confundia com valsa. Verde, aprendera a identificá-lo com cheiro de árvore. Cinza, com maciez de veludo. Azul, com serenidade. Diziam que o céu era azul. Que seria o céu? Um lugar, com certeza. Tinha mil e uma ideias sobre o céu. Deus, anjos, glória divina, bem-aventurança, hinos e salmos. Händel. Bach. Mas sabia haver um outro, material, sobre as pessoas e casas, feito de nuvens, que associava à ideia do veludo, mais própria do cinza, apesar de insistirem em que o céu era azul.

Aquelas associações materiais, porém, não a satisfaziam. A cor realmente era o grande mistério. Sentira muitas vezes que o cinza pertencia a substâncias porosas ou ásperas ou duras. Que o branco estava no mármore duro e na folha de papel, leve e flexível. E que o negro estava num cavalo que relinchava inquieto, com um sopro vigoroso de vida, e na suavidade e leveza de um vestido de baile, mas era ao mesmo tempo a cor do ódio e da negação, a marca inexplicável da inferioridade.

E agora Maria Alice voltava outra vez ao Instituto. E ao grande amigo que lá conhecera. Voltavam as longas horas em que falavam de Bach, de Beethoven, dos mistérios para eles tão claros da música eterna. Lembrava-se da ternura daquela voz, da beleza daquela voz. De como se adivinhavam entre dezenas de outros e suas mãos se encontravam. De como as palavras de amor tinham irrompido e suas bocas se encontrado... De como um dia seus pais haviam surgido inesperadamente no Instituto e a haviam levado à sala do diretor e se haviam queixado da falta de vigilância e moralidade no estabelecimento. E de como, no momento em que a retiravam e quando ela disse que pretendia se despedir de um amigo pelo qual tinha grande afeição e com quem se queria casar, o pai exclamara, horrorizado:

— Você não tem juízo, criatura? Casar-se com um mulato? Nunca!

Mulato era cor.

Estava longe aquele dia. Estava longe o Instituto, ao qual não saberia voltar, do qual nunca mais tivera notícia, e do qual somente restara o privilégio de caminhar sozinha pelo reino dos livros, tão parecido com a vida dos outros, tão cheios de cores...

Um rumor familiar ouviu-se à porta. Era a volta do cinema. Ana Beatriz ia contar-lhe o filme todo, com certeza. O rumor – passos e vozes – encheu a casa.

– Tudo azul? – perguntou Ana Beatriz, entrando na sala.

– Tudo azul – respondeu Maria Alice.

MODO IMPERATIVO

Mauro Lemos estava disposto a mudar os rumos de sua vida. Fora um dia duríssimo. Não odiava o ofício. Até gostava do escritório. Todos os colegas, na agência, gabavam-lhe o estilo corrente, a linguagem simples, a capacidade de persuadir, considerado revelação como redator de anúncios. Mas aquele fabricante de porta-seios o punha maluco. Era a estupidez elevada ao cubo, a picuinha que se fazia astronômica. Esmiuçava palavras, discutia com argumentos idiotas, irritava. Pavoneava-se como crítico de arte diante dos desenhos. E já recusara dez textos diferentes, a exigir sempre uma adjetivação cada vez mais delirante em torno daqueles sutiãs. Se a propaganda não convencesse as mulheres de que se tornariam verdadeiras Marilyn Monroe e provocariam loucuras coletivas, homens se desmandando nas ruas à simples contemplação de sua "nova silhueta De Mamilus", ele jamais a aceitaria.

Que fazer? Abandonar o emprego? Seria horrível, porque isso implicaria na sua volta ao jornal, com ordenado menor e pagamento incerto, quando os filhos eram três e um quarto se encaminhava a passos largos.

Vagara pelas ruas. Enchera-se de cerveja num bar da praia. Chegou a casa pelas onze da noite. Teve de jurar que bebera sozinho e explicar que só não avisara do atraso porque não havia telefone. Estava com os nervos retalhados. Talvez abandonasse o emprego. E já meio cambaleante, para que a esposa afinal serenasse, precisou jurar teatralmente que, se houvesse tido aquela noite qualquer encontro, contato ou aproximação com dama suspeita, casada ou solteira, honesta ou desonesta, queria ver o Paulinho morto ou pelo menos com um ataque de paralisia infantil.

— Veja o que está dizendo, Mauro! Isso é juramento muito sério! Você queria ver o Paulinho com paralisia?

E julgando compreender:

— Já sei! Você diz isso porque o doutor Salk descobriu aquela vacina!

Desesperado, Mauro esbravejou:

— Com vacina ou sem vacina! Paralisia, tuberculose, lepra, o que você quiser! Escolha a doença... Eu juro!

Aí Lazinha se acalmou. Voltou-se para o lado — estava cansadíssima, fora dia de feira — começou a dormir.

Mauro vestiu o pijama, foi ao banheiro escovar os dentes. Pegou o creme dental. Aquele creme dental possuía "uma espuma superpenetrante que estimulava as células do meio bucal e se introduzia nos mínimos interstícios dos dentes, prevenindo a cárie", dissera ele mesmo num anúncio... Dirigiu-se ao refrigerador. Havia uma lata de compota de caju pela metade. Estava com fome. Encheu um pires, derramando um pouco de calda no ladrilho da cozinha. A calda "era rica, feita com uma dosagem de açúcar que respondia à preferência de oitenta e seis em cada cem donas de casa", mas a criada, na manhã seguinte, iria protestar como sempre:

— Seu Mauro andou fazendo bagunça outra vez!

Apanhou o esfregão. Passou-o pelo ladrilho amorosamente cuidado pela Joana. Voltou aos cajus. Todas as vitaminas e propriedades alimentícias da fruta "eram conservadas por processo científico e exclusivo, que permitia mais alto teor alimentício, naquele saboroso produto". Afastou o pires com ódio.

Estava com sede. Abriu o refrigerador, "valorizado por nova porta que se abria suavemente ao mais leve toque de uma criança de seis anos". Apanhou uma garrafa bem gelada e ouviu que uma voz imperiosa lhe ordenava:

— Beba Cocalina! Beba Cocalina! Beba Cocalina!

Furioso, deixou-a de lado. Tomou água. Sentiu ligeira acidez estomacal. Foi a uma gaveta, apanhou um vidro — tamanho popular — de Sal de Fruitos, que não somente se prendia, pelo nome, à mais pura tradição camoniana (Inês de Castro posta em sossego, de seus anos colhendo o doce fruto), mas dissipava rapidamente a acidez, estimulava as funções digestivas e evitava as úlceras. Pôs dois dedos de água num copo que fora de geleia, verteu nele uma porção de pó efervescente, a "efervescência que gera o equilíbrio estomacal".

— Santo Deus! Eu não aguento mais! — exclamou apavorado.

Abandonou o copo, onde a efervescência aos poucos morria, pôs-se a fazer ligeiras massagens no ventre, apagou a luz, voltou à sala. Ainda não iria dormir. Tomou de uma revista. Um filho tossiu. Instintivamente pensou em dar-lhe uma colherada de xarope. "Ação calmante, num simples instante."

Deixou o filho tossindo. Ah! Se houvesse algo para beber! Dirigiu-se novamente ao refrigerador. Já tinha nas mãos uma garrafa de cerveja, mas lembrou-se de que era feita "do mais puro malte, do mais puro lúpulo..." Em silêncio, encaminhou-se para a área, deixou-a cair pesadamente na lata de lixo. Havia, no armário embutido da entrada, uma garrafa de caninha. Voltou com ela à pia, abriu a torneira e deixou que o raro líquido escorresse lentamente sobre o rótulo, que ia amolecendo e retirando. Quando a garrafa se desnudou por completo, desarrolhou-a com longuras. Já não tinha marcas. Já não trazia etiqueta. E estava no terceiro cálice, apanhado ao acaso, quando se lembrou de que aquela peça leve e cristalina era "um dos orgulhos do artesanato nacional". Ergueu-se com esforço, deixou cair o cálice, como o fizera com a cerveja, na lata de lixo. O cálice deu na beirada, espatifou-se no chão. O som era "do mais puro cristal importado".

Voltou à sala, cambaleante, e ligou, baixinho, o rádio cujo "olho mágico" se iluminou de um verde estranho. Esperou poucos segundos. A frase estava em meio:

— ... no novo e macio colchão Sonobon suas noites serão mais plácidas, mais repousantes, mais ricas de sugestão!

Desligou, levou a garrafa à boca. No afobamento, a garrafa bateu-lhe nos dentes, "tornados mais belos pelo dentifrício Bucol, valorizado por Ica, o novo ingrediente que neutraliza as fermentações..." Sorveu gulosamente a caninha. Ergueu-se. Uma poltrona o chamou. Conhecia a frase... "Aceite o acolhimento destes braços amigos..." Aceitou. "Uma doce paz invadirá o seu espírito..." Invadiu. "E você recobrará novamente o gosto e a alegria de viver." Recobrou. A música era o seu fraco. Abandonou por momentos o conforto excepcional daquela poltrona (faltavam só dois módicos pagamentos), e dirigiu-se de novo ao rádio. "Encha de alegria o seu lar com os novos rádios Primus, enriquecidos com o novo e revolucionário H.F." Mauro Lemos sentiu-se feliz porque, só com uma entrada inicial de dois mil cruzeiros, pudera adquirir aquele aparelho "que faria a inveja dos amigos", dotado de H.F.

e outras exclusividades de raro valor. Ouviu ainda as últimas notas da *Suíte Quebra-Nozes*[3] e em seguida um conselho, que agora ressoava com um toque suave e inesperado de carícia:

— Beba Cocalina!

Hesitou.

— Beba! — repetiu o locutor. — Bem gelada...

Correu ao refrigerador e obedeceu.

Voltou à sala. Estava em andamento uma nova ordem:

— "... e você deve preferir Carabela porque é a cerveja de mais puro malte, de mais puro lúpulo..."

Voltou ao refrigerador. Não estava lá. Correu à lata do lixo. Ainda estava. Destampou a garrafa. A cerveja desceu-lhe docemente garganta abaixo. Sim, eles tinham razão! O *mais* puro malte... o *mais* puro lúpulo... Uma grande felicidade iluminou-lhe a alma. O rádio falava alto. Oxalá não acordasse a Lazinha. Mas ela estava deitada num Sonobon e nada a podia arrancar àquele repouso "calmo e reparador". E ainda que acordasse, o som cristalino tão H.F. da rádio-vitrola Primus a compensaria com juros largos. O locutor indagava:

— "Você anda triste e macambúzio? Escove os seus dentes com Bucol e recobrará novamente o sorriso vitorioso do passado..."

Voou para o banheiro, escovou os dentes com frenesi e sorriu triunfante, agora seguro e feliz. Sim, voltaria para a sala. Iria ler um pouco, antes de se recolher ao Sonobon. Deixou o rádio em surdina. Apanhou a revista. Pôs-se a folheá-la. Uma série de gravuras chamou-lhe a atenção. A um canto, lindas mulheres em torno de um homem,

---

[3] Obra para o *ballet* criada em 1892 por um dos maiores gênios da música erudita do século XIX, o russo Piotr Ilitch Tchaikovsky (1840-1893). (N.E.)

encoberto por elas. No primeiro plano, o vendedor sorridente oferecendo ao homem infeliz um preparado contra o mau hálito, "causa de 80% dos insucessos amorosos". No terceiro, o antigo sofredor, agora feliz, rodeado de mulheres, todas evidentemente apaixonadas...

Mauro Lemos ergueu-se de impulso, correu para o elevador, desceu, ganhou a rua, tomou um táxi, procurou a primeira farmácia:

— O senhor tem Halitol?

Tinha, graças a Deus! Mauro pediu um pouco de água, pingou três gotas de Halitol, gargarejou, sorriu deslumbrado. Treze mil e setecentas mulheres inteiramente nuas imploravam-lhe o amor. Temor súbito o assaltou. "Tome Virilina", pareceu dizer-lhe uma voz. Tomou. As mulheres bailavam. Lânguidas. Evanescentes. Diáfanas. Súplices. Tomou nos braços a mais súplice, a mais próxima. Colheu-a nos lábios. Sentiu que ela se desprendia subitamente, como se algo a tivesse chocado. Mauro apanhou novo copo de água, pingou desta vez trinta gotas de Halitol. E, como se fosse empurrada por um pé de vento, a bailarina súplice projetou-se em seus lábios e caiu desmaiada, num espasmo de amor.

— Nós te pertencemos! Nós te pertencemos! — cantavam e bailavam treze mil e seiscentas e noventa e nove mulheres, enquanto a última voltava a si e exclamava deslumbrada:

— Halitol fez dele o mais desejado dos homens! Ele possui os lábios de maior experiência no mundo!

Mãos invisíveis estendiam colchões Sonobon, de onde as bacantes desvairadas solicitavam a cooperação de Mauro Lemos. Foi quando uma delas, no furor de o beijar, desmanchou-lhe o penteado. Mauro sentiu que perdera boa percentagem de sua capacidade de atrair os olhares femininos.

— Brilhantina Savi! — gritou. — Brilhantina Savi!

Penteou-se, rápido. "O homem bem penteado é sempre o mais amado..."

Bem o via Mauro Lemos. Eram vinte e sete mil e quatrocentas mulheres agora que o contemplavam em êxtase. Sorriu com a tranquilidade que Bucol e Halitol lhe asseguravam. Já suas peças de roupa haviam sido rasgadas, diaceradas, repartidas, roubadas e eram sofregamente beijadas em adoração. Dando-se conta do que acontecera, Mauro Lemos provou o desgosto de não ter formas apolíneas. Emagrecera nos últimos tempos de tanto trabalho. Mas um vidro de Fortefix devolveu-lhe em segundos a confiança no seu arcabouço físico. E ele bem o podia sentir na súplica infindável das vinte e sete mil e quatrocentas...

— Somos tuas para toda a vida!

— Nunca te abandonaremos, ó eleito!

— Constrói um harém para nós! Constrói um harém para nós, ó tetrarca!

Construir como, se lhe faltava dinheiro, se o ordenado mal chegava para o sustento de uma só mulher e quatro filhos, um dos quais ainda a caminho?

Nisso, Mauro Lemos fez um depósito inicial de cem cruzeiros no Banco Prosperidade do Lar e o seu dinheiro se multiplicou e ele começou a pagar com cheque, saboreando não só a admiração das vinte e sete mil e quatrocentas, mas também a inveja de número infindável de despeitados, porque um cheque do Banco Prosperidade do Lar dava prestígio...

Olhando aquele inumerável mulherio fascinado e insatisfeito, Mauro Lemos começou a sentir-se vagamente cansado. O tédio natural de quem tem excesso de mulher e dinheiro. Precisava fugir. Mas como? Só num Hiper-Skymaster-Super-Six "de voo nupcial"... E nele confortavelmente instalado, com espaço amplo para estender as pernas, numa poltrona de nome exclusivo e patenteado, em todo o mundo ocidental, viu-se no ar, contemplando, através da "fenestra panorâmica", a multidão de mulheres que enchia o espaço com o seu quente clamor:

— Ó tu, que tens o hálito puro como o de uma criança de dois meses, ó tu que tens os dentes claros e inatacáveis pela cárie, ó tu que tens os cabelos cuidadosamente penteados como os do homem destinado a vencer, regressa, regressa, regressa às nossas vidas!

Mauro Lemos não soube resistir ao apelo. Voltou. Mas eram demais as mulheres. Eram vinte e sete mil e quatrocentas! Que fazer? Só se arranjasse outros sócios... Só se as partilhasse com outros mortais. Mas era difícil... Todas gritavam, exigiam, clamavam:

— Tu! Só tu, puro amor, puro consumidor de produtos que inspiram confiança, produzidos somente por fabricantes da mais alta reputação!

Então Mauro Lemos, num meio delírio, começou a distribuir amostras grátis, milhares de tubos de Bucol, milhares de frascos de Halitol, boiões de brilhantina e outros produtos que tornavam os homens mais fascinantes — afora cadernetas de depósitos iniciais do Banco Prosperidade do Lar, que conduzem o homem à riqueza — entre os milhares de invejosos e remordidos que assistiam ao seu triunfo. E os novos homens, subitamente transformados, começaram a inspirar paixões abrasadoras entre as vinte e sete mil e quatrocentas... Uns sorriam e, com seu mero sorrir, já mil mulheres se rendiam. Outros sopravam, simplesmente para que, no apenas soprar, as mulheres sentissem a pureza do hálito emitido, e ao simples bafo novas mulheres desfaleciam de amor. Outros assinavam cheques contra o Prosperidade do Lar e havia mulheres que se entredevoravam, nuas, desvairadas e ardentes.

Mauro sentiu que começava a ficar só. Uma solidão infinita o cercava. Havia mulheres, mas as mulheres eram também de outros homens. Era preciso recuperá-las. Precisava ser de novo o sultão fabuloso das vinte e sete mil e quatrocentas... Foi quando lhe acudiu nova ideia genial. Envergou um terno London Tailored que acabava de ser lançado e para o qual bastava encher a ficha, indicar endossante, escolher o terno, vestir e começar a pagar sessenta dias depois. Envergou o terno, e vinte e sete mil e quatrocentas mulheres para ele se voltaram de novo!

Ele só queria aquela certeza... a certeza de que, quando o desejasse, poderia ter todas as mulheres a seus pés... Se não todas, pelo menos as vinte e sete mil e quatrocentas...

Com um sorriso olímpico e superior, garantido por Bucol, entrou no seu carro de oitenta cilindros, de eficiência multiplicada pelo *motor oil* mais credenciado para a suprema proteção de suas peças vitais, abasteceu-o com uma gasolina polivalente de superforça motriz e, num adeus cada vez mais distante, seu carro já não corria, voava, ganhava as nuvens, se perdia nos céus, para o desespero não só das vinte e sete mil e quatrocentas, mas dos humilhados fabricantes dos demais automóveis da terra.

Dos fabricantes de automóveis não tinha pena. Das mulheres tinha. E generoso e divino, de dez quilômetros de altura, começou a atirar milhares de porta-seios De Mamilus, que desciam como paraquedas luminosos, dádiva celestial para tantas mulheres, consoladas enfim do abandono em que as deixara.

O TROCADOR

Bem, pensou Hanna, quando viu a casa completamente instalada, os móveis no lugar, dois ou três retratos de família na parede, a vida em ordem. Bem... Agora, aprender a língua e ficar brasileira.

Condição de sua raça era aquele periódico emigrar, num êxodo repetido pelos séculos, necessidade constante de se adaptar a novas terras e novas línguas.

Foi à janela e olhou a rua suburbana batida de sol, o calçamento irregular, meninos descalços correndo, a camisa de fora. Rua humilde, vizinhança pobre. Um ônibus vinha aos trambolhões, buzinando com fúria. Da casa ao lado alguém teria feito um gesto para o chofer, que ergueu o braço numa saudação. Não tinha tristeza. Era tão nova e já recomeçava. E sentia uma paz tão grande, tão de enseada remansosa, naquela casa de paredes velhas, via um tão descuidado olhar na gente passando, que não tinha saudades, que não lhe parecia haver perdido tudo. Nem era recomeço. Começava, simplesmente. O mais fora sonho, pesadelo, talvez. No princípio, a infância cheia de castelos, a casa farta, a professora de música, os elogios à sua voz.

— Esta menina vai ser uma grande cantora!

Para aquilo o pai trabalhava. Naquela esperança a família se alegrava. E não tinha oito anos quando fizera a sua estreia vitoriosa num grêmio de amadores da sua terra. Lembrava-se do orgulho do pai, as lágrimas nos olhos maternos e o misto de admiração e de inveja nos irmãos menores. Mas logo era o espetáculo esquecido. Voltava a ser criança... Voltava a obrigação de estudar... E aquele horrível preconceito paterno: criança deve proceder como gente grande.

— Não faça mais isso! Você já está moça!

Estava. Mas à sua maneira. Nada de se sentar como gente grande e dizer aquelas coisas cacetes. Amadurecera de vida interior, de sonhos em ebulição. Quando ia à aula de piano, não parecia interessada em aprender.

— Toque, professora...

— Você não preparou a lição?

— Preparei. Mas estou com vontade de ouvir. Toque Chopin...

E como a professora estivesse cansada daquele triste ofício de ensinar meninos sem vocação, a concertista fracassada, que idealizara *tournées* vitoriosas na juventude, obrigada a viver de lições, a tantos marcos por hora, começava a tocar, num atropelo de criminosa, Chopin, Liszt, Tchaikovsky. A princípio, perturbada, a consciência acusando. Logo a seguir, empolgada.

Hanna sentia aquilo. Percebia. Arrastada pela frescura das notas comovidas, que lhe levavam longe o pensamento, compreendia, intuitivamente, que estava sendo o impossível auditório sonhado noutros tempos pela professora. E às vezes as duas ficavam silenciosas, uma o pensamento no passado, outra o pensamento no futuro, num desencontro de caminhos.

— Quando eu cantar na Ópera de Berlim... ou no Metropolitan...

Hanna ia falar. Mas as palavras não ganharam som. Um inesperado aperto de coração a emudeceu. E se a sua vida fosse truncada também? E se ela tivesse de acabar dando aulas de canto?

Olhando a rua triste, Hanna sorria, os olhos úmidos. Nem professora de canto seria. Todas as raízes de sua vida e de seu futuro estavam cortadas. Era uma coisa solta, sem ligação no espaço. A pequena fortuna familiar fora confiscada ou perdida. Uma nova diáspora se iniciava. Os parentes estavam dispersos pelo mundo. Uns se adaptavam noutras terras aprendendo inglês, outros francês. Coubera-lhe o Brasil. O velho casarão da família, em sua cidade natal, tinha novo dono, com o retrato de Hitler na parede. A professora onde estaria? E a festa do grêmio de amadores parecia algo de não acontecido, embora suas notas lhe cantassem ainda no ouvido com a mesma nitidez dos outros tempos.

— Hanna!

A mãe chamava. O irmãozinho menor levara um tombo. Aquele tombo era a realidade, a rua humilde, a pobreza inesperada, a angústia do pai na rua, vendo as últimas economias se acabando, procurando emprego. Seria esse também o seu destino. Alguma loja, um escritório qualquer. Em vez de estudar canto ou tomar aulas de arte dramática, teria que aprender datilografia ou, quando muito, inglês. As companhias americanas pagavam melhor. E talvez o seu ainda fosse o primeiro dinheiro a entrar em casa, ganho na nova terra. Era a consequência natural de haver sido a família jogada, de supetão, numa rua suburbana do Rio...

— Como é que você se chama?

— Hanna!

— Como é que se escreve?

Hanna escreveu. Ninguém ali seria capaz de aspirar o "h". As novas amigas leram Ana. E desde então, de Ana para Anita, esse foi o seu nome.

Hanna aceitou. Era o seu começo de adaptação. O canto, o palco, as glórias, seriam para Hanna. Mas Hanna passara. Ficara Ana, Anita, moradora no Encantado, com o pai procurando emprego e a mãe às voltas com os filhos chorando, vizinhas perguntando coisas, pedindo açúcar emprestado ou um pouco de banha. Era Anita, na ternura de todos, porque isso, sim, sobrava no bairro onde fora parar, jogada por uma perseguição de cores medievais, por questões de raça ou de religião. Para o Brasil só se podia vir por gosto. E Anita, afinal, concordava. Rua pobre, gente sem ambições. Mas nunca vira tantos homens de alma leve, tanta despreocupação, tamanha doçura. Não lhe perguntavam as origens, confundiam alemão com judeu, e, acima de tudo, não viam diferença entre um e outro, o que no fundo a ofenderia, não fosse a ignorância ingênua, sem maldade, de todos. Aqui sabia que, tão cedo, não se levantaria um *pogrom*. Valia a pena criar raízes na terra, abdicar do seu passado, identificar-se com a gente. Maria Amélia era filha de um funcionário pequeno do Itamarati, muito importante na rua. O pai falava sempre com o senhor ministro, ia até fazer limpeza na casa dele. As outras tinham pais igualmente modestos. Operários, ferroviários. Um trabalhava num banco lotérico. O outro esperava nomeação da prefeitura. Na esquina morava um português com vários carros na praça. E suas novas amigas eram alegres e só tinham uma ambição: casar. Algumas trabalhavam no centro, só vistas à noite. Mas trabalhavam até arranjar marido. E para arranjar marido, todas amavam. À noite, principalmente, o amor enchia a rua. Vinham os namorados, encontro na esquina, saíam os pares pelos trechos escuros, trocando beijos, procurando contatos. A inquietação sexual era o único problema. Cochichos, revelações, risadas.

— Nossa Senhora! A Glorinha está facilitando!

De fato, ela ou o namorado já não se contentavam com os beijos no cinema dominical ou nas ruas escusas. Alguém a vira permitindo liberdades maiores. Mas ele era firme, pra casar. Até já falara com dona Sinhara.

— Eu não facilito assim — dizia Amélia. — Não deixo. Um dia, eles mudam de ideia e saem difamando a gente...

Anita fugia, sem puritanismo, àquela obsessão matrimonial e àqueles destemperos do sexo. Para ela, o amor ainda era como nos tempos de Hanna, quando ia à sinagoga apenas para ver, aos sábados, um jovem seminarista que se aprofundava no Talmude e tinha olhos e cabeleira de músico. Sabia as horas em que, certos dias, ele lhe passava em frente à casa, rumo à de um parente, e durante longo tempo o esperava, só para o ver passar, sem mais nada. Um dia ele notaria o seu olhar e seu amor o ganharia. E seria um amor tímido, de vitórias lentas, jamais aquelas audácias pelos portões adentro, à sombra das árvores, coração assustado. Mas dentro em pouco Hanna sentiu que estava sendo a forasteira, a estranha, que acabaria novamente não sendo compreendida. Porque não participava do assunto de todas, porque não tinha namorado sobre quem falar. Um dia, solicitada por uma companheira, falou no antigo estudante de hebraico, agora não sabia se na África do Sul ou Buenos Aires.

— Ele beijava bem?

Não era aquilo. Tinha outra linguagem. Mas Anita queria adaptar-se. Precisava ficar brasileira como as outras. Teria que namorar de igual maneira, para completar-se. Era só o que lhe faltava. Já falava correntemente a língua, já entendia de futebol, já o pai jogava no bicho algumas vezes. E já não sonhava com o Metropolitan. Assim foi que, uma tarde, viu chegar a sua oportunidade. A vizinha, dezoito anos, de seios insólitos, namorava um chofer de ônibus, o homem da saudação alegre notada no primeiro dia. O namoro ia alto, a família aprovava, embora ele ainda não frequentasse a casa. De hora em hora o carro passava, indo ou vindo da cidade. E de hora em hora ela estava à janela e o carro passava buzinando, devagar, para um olhar mais demorado. Nos dias de folga, o rapaz vinha de roupa domingueira para o encontro na esquina, que se prolongava até nove, dez horas.

— Você sabe quem pergunta muito por você, Anita?

Seus olhos azuis interrogaram.

— O Eduardo.

— Seu namorado?

— Não. O trocador. Ele sempre fala com Carlito sobre você. Que gosta do seu jeito...

— Mas se eu nunca o vi...

— Ora, o carro passa aqui sempre devagar. Dá para eles verem. O outro dia você estava comigo quando o carro parou ali na esquina. Eu fiz um sinal para o Carlito. O Eduardo estava na frente e reparou em você. Não notou?

— Não.

— É um rapaz muito alinhado. Se eu já não tivesse o Carlito...

Não podia ser o Eduardo? Laura tinha Carlito, chofer. Amélia amava Humberto, que trabalhava na fábrica de Bangu. Mariazinha estava quase noiva de Aderaldo, paraibano que mourejava na Brahma. Julieta amava indiferentemente, desde que fosse fuzileiro naval.

E Ana começou a pensar em Eduardo. Seria moreno, com certeza. Teria talvez o nariz arrebitado. E tinha. Quando, no dia seguinte, sem se mostrar interessada, foi para a casa de Laura, na hora da passagem do ônibus, viu que dois olhos a buscavam com ânsia. Era moreno, tinha o nariz ligeiramente arrebitado, e o sorriso mostrava dentes impecáveis. Tão empolgada estava Laura pelo adeus do chofer, que não pensou na amiga. Só se lembrou depois que o carro partiu.

— Oh! Meu Deus! Me esqueci de mostrar o Eduardo a você. Você viu quem é?

— Não notei — mentiu Ana, já num começo de perturbação.

Desde então, não mais perdeu a passagem do ônibus. Havia um sabor de fruto selvagem na figura do trocador. Os olhos muito negros, o moreno forte, qualquer coisa de índio.

— Deve ser paraense.

No seu desconhecimento da terra, o nome do Pará lhe aparecia como símbolo de tudo o que havia de exótico, de bárbaro e de poético no país. E para a sua imaginação exaltada, aquele rapaz era um desarraigado também, descendente de chefes índios, perdido na metrópole, procurando se adaptar ao novo meio, abrindo caminho. E ao fim de poucos dias, já as almas irmanadas, ela erguia a leve mão de dedos de artista para os dedos grossos do trocador, que sorria, com seus dentes muito brancos. Dentro em pouco, toda a rua sabia que Ana já tinha namorado. E aquilo lhe pareceu uma espécie de compromisso. E até a enchia de certo orgulho. A própria Laura dissera que, se já não tivesse Carlito... O fato é que agora Ana sentia-se igual a todas. E achou natural, o coração pulando, quando Laura lhe disse:

— O Eduardo mandou dizer se você não quer ir com ele no cinema comigo.

Recusou, naturalmente. Mas concordou em se encontrar na esquina. Os encontros se repetiram. Temerosa do que diziam as companheiras sobre os namorados nativos, fugia aos cantos escuros, para os quais ele a queria arrastar. E isso a elevou no seu conceito. Eduardo viu que estava namorando menina direita. Abandonou as audácias das primeiras noites, começou a suspirar, falava em juntar dinheiro para um dia casar.

— Meu sonho é um filho de olho azul...

— E o meu, um de nariz arrebitado...

Os dois se olharam e Ana viu que, se não fosse um marinheiro que vinha chegando, teria sido beijada. E teria gostado.

*

Um dia o velho chegou de coração alvoroçado. Encontrara ao acaso, na avenida, um amigo de Rüdesheim que se exilara dois anos antes. Também viera sem nada. Não pudera retomar a medicina que exercia na cidade natal. Mas a necessidade de sobreviver o atirara num negócio de imóveis e já tinha uma pequena casa de duas portas no Catete. Dentro de alguns anos estaria rico. Fizera-lhe mesmo uma proposta.

— Por que você não vai visitar a Raquel? — disse a Hanna. — Era muito amiga sua. O Davi disse que ela está sempre perguntando por você. Eles moram na Bento Lisboa.

Domingo, Hanna procurava a amiga. A casa era bem melhor que a sua, no Encantado. Raquel tinha também amigas brasileiras. Também fora arrastada pela vertigem casamenteira. O irmão mais velho estudava. Seria médico, como o pai. Mas Raquel, estenógrafa numa empresa cinematográfica, apenas pensava em casamento. Tivera toda uma sucessão de namorados. Fixara-se num engenheiro eletricista. E logo após o almoço as vizinhas começaram a chegar. Uma tinha encontro no São Luís, outra, no largo do Machado. As demais iam fazer o *footing* no Flamengo.

— Arranjei um, agora, alinhadíssimo! — garantiu Teresinha. — Está em direito. Forma-se o ano que vem. Desta vez acho que acertei.

Gláucia namorava um futuro médico havia três anos. Ísis tinha um cadete, tomador de liberdades, mas bacana mesmo. Beatriz fazia fé num funcionário do Banco do Brasil.

— Bem, ele está me esperando. Deve estar louco da vida.

Beatriz saiu. O namorado de Ísis lá vinha, na sua farda de virar corações. O futuro médico de Gláucia não demoraria também. Hanna ouvia calada. Parecia um bando irresponsável de pássaros.

— E você, Hanna, tem namorado também?

Calada, Hanna pensava no seu. Com ele, afinal, nunca falara muito, encontros raros, ele todo ocupado pelo trabalho da linha, dando horas extraordinárias de serviço.

— Tem?

— Tenho — confirmou com orgulho, como quem sente um ponto de apoio.

— É estudante?

— Não.

— Ele faz o quê?

— Tro...

Parou bruscamente, sentindo que ia ficar humilhada diante das novas amigas que namoravam cadetes, bancários, futuros médicos e advogados. E como se desse melhor condição ao seu amor, corrigiu-se apressada:

— Chofer.

— Chofer?

— De ônibus!

Raquel, Ísis e Gláucia não comentaram.

*

Chegara em casa pelas dez da noite. Ficou pensando. Samuel ia ser rabino. Tivera um *béguin* infantil por um jovem violinista que já fazia excursões por pequenas cidades norte-americanas. Agora tinha Eduardo. Eduardo trocava dinheiro na linha de Cascadura, os olhos negros, o cabelo negro, a pele morena, o nariz arrebitado, os dentes de uma alvura sem par. Hanna jamais notara, até então, que Eduardo nunca falava em Bach, em Beethoven, em Brahms. Confidenciara-lhe uma vez que só assistira a uma peça, *O mártir do calvário*.

— Peça muito importante! Você precisa ver...

Mas Eduardo era nobre de maneiras, tinha um ar de descendente de chefe de tribo das margens do Tocantins, e era capaz de inesperadas delicadezas. Chorou de pena dele, solidária com a sua humildade, roubado pela vida, que não lhe dera as oportunidades dos outros. E iluminada pela recordação do seu riso bom de dentes claros, começou a imaginar o seu futuro. Não importava que fosse um mero trocador. Afinal, Laura namorava um chofer e era plenamente feliz. Amélia amava Humberto, que trabalhava em Bangu, e cantarolava o dia inteiro. A profissão não importava. Era apenas o começo. Ela tivera, mas não tinha nada. Eduardo progrediria, subiria, venceria também. Desconhecido na cidade grande, pobre, desbravando caminho, tinha de principiar assim mesmo. Ela o ajudaria a subir. E se não subisse muito, teriam um filho, de nariz arrebitado e olhos azuis, que realizaria o que a vida não permitira aos pais, na sua cegueira. Estudar? Já não seria fácil a Eduardo. Com o tempo ela lhe cultivaria o gosto, o levaria a leituras, a concertos, a teatros. Por enquanto trabalharia. Com certeza não se resignaria a ser um simples trocador. Decerto já estava até praticando para chofer, que era mais bem pago. E um dia teria o seu carro, ou vários, talvez uma empresa de ônibus.

— Como vai, morena?

Eduardo a via sempre morena, apesar de seus olhos azuis, do cabelo castanho, da pele transparente de brancura.

Hanna tomou-lhe o braço, foi se endereçando para longe da estação, numa rua transversal. Estava particularmente carinhosa. Gostava dos braços musculosos, do olhar ardente de Eduardo.

— Trabalhou muito?

— Pra burro!

Doeu-lhe a expressão. Caminharam silenciosos algum tempo.

— Você... vai continuar na companhia?

— Vou. Por quê?

— À toa.

Novo silêncio.

— Você é trocador, não é?

— Sou. Não sabia?

— Sabia.

— Então por que perguntou?

— Por perguntar...

Eduardo olhou-a de banda. Hanna estava linda. Sua beleza vinha de dentro e chegava a momentos eternos, certas vezes. Eduardo parou, mesmo embaixo de um lampião. Curvou-se e beijou-a na testa. Hanna deixou. Era o seu primeiro beijo. O rapaz enlaçou-a nos braços, veio descendo o beijo, colheu-a na boca. Hanna sentiu uma moleza no corpo. Reagiu, porém.

— Lá vem gente!

Separaram-se.

— Vamos andar mais um pouco? — sugeriu Eduardo.

Seguiram.

— Escute... Você agora está na companhia. E depois? O que é que você pretende fazer?

— Ué! Assim que eu tiver o aumento eu vou falar com seu pai. Está com medo de eu blefar?

— Não. Não é isso. Você está fazendo algum curso?

— Curso? De quê?

— Eu digo... não pretende tirar carta de chofer? Tem mais futuro.

Eduardo fez um gesto largo.

— Chofer? Tu tá doida! Chofer é chato! Vou ficar trocador, mesmo. Eles vão me dar mais cinquenta mil-réis...

E sentiu que estava sendo novamente arrastado pela tentação dos olhos azuis. Felizmente vinha um fuzileiro naval.

*

Hanna voltou em silêncio para casa.

— Ana? — chamou Laura do portão.

— Hanna — corrigiu ela, a voz áspera.

Mal ouviu a confidência da amiga. Entrou em casa. A família conversava na sala escura, pelo calor que fazia.

— Aquele miserável acabará arrastando o mundo a uma guerra —

dizia o pai, falando de Hitler.

Nem disse boa noite. Entrou no quarto, sem acender a luz, e atirou-se na cama, chorando. Era preciso deixar o Encantado. Era preciso...

O INCIDENTE RUFFUS

Ruffus despertou para além de meio-dia.

— Oh! Diabo! Vou chegar de novo atrasado!

Fora um sono de pedra, à prova de bombardeio, daqueles que o derrubavam sempre que se dedicava a esgotar estoques de uísque, provisões de gin.

Olhou o quarto revolto, alguns móveis quebrados, poltronas de grossas pernas para o teto, peças de roupa largadas ao chão. Gosto amargo na boca, vazio dolorido no estômago, pontada estranha na cabeça...

— Estão falsificando outra vez. Que país infame!

Despejou larga dose generosa de um sal hepático qualquer no copo de água.

— Puxa! Vão falsificar bebida no inferno!

Estirou os braços.

Tenho que sair desta terra, pensou. Isto não é país. Um calor desgraçado. As mulheres uns bofes... Paris é que era vida!

Lembrou-se com amargura do velho incidente causador de sua transferência para aquela república sul-americana, rebaixado com repercussão quase pública só por haver esbofeteado uma pequena atriz num cabaré de Montmartre.

— Foi peso!

Já esbofeteara outras atrizes, quebrara antes outros móveis em variadas terras. Nada lhe acontecera. Só incidentalmente, por palavras posteriores de seus companheiros de noitada, viera a conhecer vagamente, quase desinteressado, o que se passara. Coisas da juventude. Mas por infelicidade havia funcionários do Quai d'Orsay na pequenina boate. Um deles quis intervir, amigável e compreensivo. Mas a botelha de champanha agitada pelo jovem Ruffus já lhe escapara das mãos e por um triz não abria o crânio ao apaziguador, que se assustou. O susto levou-o a um relatório para o ministério. O embaixador soube da coisa. O Ministério do Exterior, logo a seguir. E uma semana depois, Ruffus, CB Ruffus, apesar de filho do poderoso senador e líder religioso de igual sobrenome, descia de Paris para aquela cidade nas selvas, índios seminus à volta, o posto mais odiado pelos diplomatas de carreira, considerado como a ilha do Diabo e a Guiana de embaixadores, cônsules, secretários e adidos em desfavor de todos os países do mundo.

CB Ruffus dirigiu-se ao banheiro.

— País!

Era a sua exclamação favorita, que resumia e condensava os adjetivos mais torpes, os palavrões mais cabeludos.

— País!

Havia até ironia na exclamação. Porque para CB Ruffus aquilo podia ser tudo, menos país!

Nem mesmo casa conseguira. Vivia num apartamento de hotel, no chamado melhor hotel da capital. Chão de ladrilho. Móveis maus. Um simples chuveiro, de onde às vezes pingava, quando pingava, uma água amarelada com um só merecimento, sua pilhéria favorita: lembrava de longe a cor do uísque. A cama era velha. O colchão de capim socado, hostil e duro.

— Capim que eles se esqueceram de comer — explicava com o seu orgulho de civilização superior.

Barbeou-se, correu ao chuveiro, algumas gotas caíram...

— Chuveiro! — exclamou, no seu laconismo de ressaca velha.

... vestiu-se à pressa, apanhou alguns papéis, ganhou o corredor.

A "mucama" do andar, que saía de um dos apartamentos, mal o avistou, recuou assustada, batendo a porta. Ao fundo do corredor, um camareiro se encolheu, de maneira estranha.

Estão doidos hoje, pensou Ruffus, premindo o botão do elevador.

O elevador veio. Ruffus teve a impressão de que o rapaz empalidecia, atrapalhando-se todo. No terceiro andar o carro parou. Mas a mui agitada herdeira do cônsul venezuelano, já a entrar no elevador, encarou Ruffus horrorizada e se lembrou de haver esquecido alguma coisa.

— Eu desço na outra viagem.

E pulou fora apressada.

Deu a louca em todos, tornou a pensar o bravo Ruffus.

— Térreo — informou com trêmulos na voz o ascensorista.

Ruffus saiu do carro e notou que vários diálogos bruscamente cessavam, recuava gente, insistentes olhares o buscavam, numa confusa mistura de curiosidade e temor.

Estendeu a chave ao homem da recepção.

— Nenhum recado?

— Na... não.

Ruffus ficou preocupado.

— Será que eu fiz ontem alguma besteira?

Paris e outras terras, cenas e mulheres ziguezagueavam aos relâmpagos pela sua cabeça dolorida.

— Fiz burrada na certa.

O porteiro cumprimentou-o com desorientada cordialidade, pondo-se a apitar por um táxi como quem pede socorro.

O táxi veio. Ruffus teve a impressão de que o chofer quis recuar, mas não havia mais jeito. Abriu-lhe a porta, perguntando:

— Embaixada?

E partiu desabaladamente, com uma pressa a que se desacostumara no pequeno país.

Na embaixada, o porteiro teve também para Ruffus um olhar inexplicável. Os funcionários mal responderam ao seu bom-dia, mergulhados em papéis e documentos. Cruzou com o embaixador, que pareceu não lhe ouvir a saudação.

Ruffus encaminhou-se para a mesa. Por mais que se esforçasse, não recordava coisa alguma. Sabia vagamente que havia começado a beber na Cabaña e que de lá, já alto, saíra com um grupo de párias da diplomacia. Nem se lembrava de quando se havia recolhido ao hotel, coisa aliás que raramente conhecia. Acordar nesta ou naquela cama era para ele, quase sempre, grata ou ingrata surpresa. Principalmente naquele país tão odioso. Que teria havido? Não se atrevia a perguntar. Sua *steno* louríssima era de uma discrição à prova de uísque. Não falaria, em jejum, de forma alguma. Nem lhe ficava bem indagar. Tateou.

— Hoje estou numa ressaca terrível. Parece que bebi um bocado...

— É? — perguntou ela, distante.

Não valia a pena continuar, mesmo porque, já despreocupado, os olhos moles postos naqueles joelhos redondos, exclusividade de alguém mais classificado na hierarquia da casa, Ruffus meditava no frio calculismo das mulheres.

Só à noite, após um dia de gelo na embaixada, CB soube parte do que se estava passando. O governo local havia comunicado à embaixada que ele, CB Ruffus, era considerado *persona non grata*.

— *Non grata*? Por quê? — sorriu o amigo.

— Mas o que houve?

E Ruffus teve conhecimento, aos pedaços, de que havia posto em polvorosa o *grill* do hotel, esbofeteado dois ou três representantes do Ministério do Exterior, cuspido no rosto de um garçom, ferido outros, insultado o país e, para mostrar que estava numa terra selvagem, queria a toda força despir-se para conversar com o presidente.

— Ele já viu gente vestida? Será que ele sabe o que é calça? Olhem! Um colete para o presidente! Ele vai ficar gozado: nu e de colete! Nu e de colete! Nu e de colete!

E ria e babava, quebrando copos e virando mesas. A custo o haviam dominado e amordaçado, tantos impropérios pronunciara. Por fim, foi trancado no quarto, de onde ainda lançou à rua cadeiras, cobertas e travesseiros, até cair em estado de coma.

— Você jura? — perguntou Ruffus, entre incrédulo e esmagado.

Pensou no pai senador, velho líder puritano:

— Estou deserdado!

E não se lembrando de nenhum país pior, para um possível e novo rebaixamento:

— E estou expulso da carreira! Oh! País desgraçado... terra de selvagens, país de bárbaros!

Certo de estar liquidado, não contando mais nem com os antigos companheiros de farras diplomáticas, Ruffus, enquanto esperava a sentença, resolveu não comparecer à embaixada. Só então compreendeu que fora totalmente boicotado aquela tarde. Ninguém lhe dirigira a palavra.

Decidiu, portanto, trancar-se no hotel. Aguardaria a ordem de expulsão. Estava perdido. E num esforço espantoso e supremo de vontade, conseguiu passar dois dias sem beber, pelo temor de mais perigosas consequências, sem encontrar solução para o seu caso. Como voltaria para a terra? Em casa não seria recebido. Trabalhar seria difícil. Conhecia a sua incapacidade. Sabia que, fora da diplomacia, nada poderia fazer. Já se havia decidido pela carreira por sabê-la só compatível com a sua ignorância rica em vitaminas e o seu singular desamor ao trabalho. O velho senador tinha preconceitos estúpidos. Havia tratado cruelmente os filhos mais velhos, empregando-os assim que terminavam os estudos secundários, em sua imensa fábrica de conservas. CB lembrava-se com horror do tempo em que os irmãos mais velhos mourejavam como operários na Ruffus Alimentation, Inc. Agora não trabalhavam mais, já elevados à categoria de vice-presidentes. Mas havia sido bárbara a subida! Preconceitos do velho...

— Se ele me aceitar, será para começar na fábrica. Isso, nunca!

E se deixava ficar, largado no leito, num desânimo de morte. Que se estaria passando? O Ministério do Exterior já teria determinado o seu regresso? Teria a coisa repercutido na imprensa? Ia ser um desastre. O pai estava em vésperas de reeleição. Se seus inimigos resolvessem explorar o caso, a eleição estaria perdida. Um dos truques de mais efeito do velho em suas campanhas era apresentar-se como chefe de família exemplar, retratado com filhos e netos, um sorriso de arcanjo. O escândalo seria a sua morte política.

— E aqueles cães que não me procuram! — exclamou de súbito, lembrando-se de que nem sequer havia recebido uma simples telefonada.

— Covardes!

— Hipócritas!

E de novo remergulhou no seu desamparo. Foi quando o camareiro entrou com o jantar.

— Está melhor, doutor?

Ruffus já não protestava contra o "doutor", que no país devia ter outro sentido: parecia indicar toda pessoa que não fosse engraxate, barbeiro ou garçom. Pelo menos, era essa a maneira pela qual esses serviçais tratavam, invariavelmente, a clientela.

— Melhor, doutor?

Aquele fora sempre amigo seu.

— Estou...

O homem estava comunicativo.

— O doutor bebeu, hem?

E vendo-o calmo:

— Dois já voltaram do hospital...

— Do hospital? — assustou-se o rapaz.

— Não foi muito grave — explicava o *mozo*. Só o Paco ainda está sofrendo um bocado. O doutor compreende... queixo quebrado é triste.

— Me traga uma garrafa de Old Parr — disse Ruffus como um náufrago.

*

— Doutor... Doutor...

Batiam à porta. Ruffus acordou estremunhado.

— Doutor...

Com certeza o chamavam da embaixada.

— Pronto... chegou a sentença.

E, com uma resignação fatalista, abriu a porta.

— Telegrama, doutor.

No seu peito o carro não partia, o motor não pegava.

— Fui expulso! — pensou em voz alta.

Abriu lentamente o telegrama. E leu, sem acreditar:

"Solidário meu querido filho participo indignação dolorosa afronta nossa bandeira STOP Estamos providenciando desagravo STOP Civilização triunfará contra barbárie STOP Defenda sempre altivo dignidade nacional STOP Beijos e bênçãos da Mamãe STOP Saudações

(a) Ruffus Senior"

*

Pouco depois, pela primeira vez, o telefone tocava. Chamado urgente da embaixada. Ruffus já não juntava duas ideias. Estava desorientado. Que provações o esperavam?

— Alô, CB! — disse-lhe sorrindo o segundo-secretário, assim que o viu.

A *steno* loura saudou-o, na sala, com os melhores joelhos dos últimos tempos.

— Esteve doente, Ruffus? O embaixador quer vê-lo imediatamente.

Pálido, trêmulo, encaminhou-se para a sala do chefe. Inquérito, pensou, vendo oito ou dez pessoas presentes.

— Alô — disse também, sorrindo e erguendo-se o embaixador. — Nós precisamos esclarecer o incidente de quarta-feira. Falta apenas o seu depoimento. Quer contar o que se passou?

— E... eu... eu não me lembro... — disse CB Ruffus, sinceramente.

— Eu compreendo... — sorriu o embaixador. — Você quer ser discreto. É boa qualidade num diplomata. Está muito bem. Mas este é um inquérito secreto. Pode falar com franqueza.

E facilitando o depoimento:

— Você entrou no bar do hotel por volta de oito horas, não foi?

— Eu acho que sim.

— Foi agredido imediatamente ou muito tempo depois?

— Eu sinceramente não me lembro. Havia... havia bebido um pouco...

O embaixador fez um gesto de desagrado:

É a tal história da falsificação de bebidas. Ninguém pode beber neste país. É tudo falsificado... Uma pouca-vergonha...

E com doçura diplomática, para o secretário:

— Convém não mencionar o caso da bebida, para não envolver mais uma acusação ao país. É melhor um pouco de tato. Sabem que os falsificadores de bebidas são justamente os membros da família do presidente... A questão é um pouco delicada... Melhor não ferir suscetibilidades... Sim, é melhor não dizer que ele havia bebido...

— Bem pensado — concordou o secretário.

— Recorda-se de quem foi que, primeiro, começou a insultar o nosso país?

— O nosso? — perguntou Ruffus sem compreender.

— Sim, o "nosso" — sorriu de novo o embaixador. — Penso que o seu é também o meu, não será?

Ruffus conseguiu achar graça e o embaixador ditou.

— Começaram então as provocações ao nosso país... E como se deu a agressão?

— Eu não me lembro... Pelo que ouvi dizer... feri seis ou sete...

— Foi agredido por mais de sete nativos — ditou S. Ex.ª — Não se lembra de mais detalhes, devido à exaltação do momento. E se levou certa vantagem sobre seus agressores foi graças, felizmente, à sua superioridade física.

E olhou com ternura a compleição robusta do rapaz.

O inquérito prosseguiu. Novas declarações foram tomadas a termo. Depois, o embaixador pediu que o deixassem a sós com o jovem. E falou:

— Ouça, meu amigo. De acordo com uma convenção diplomática, já que os nativos o declaram *persona non grata*, nós não podemos insistir. Está tudo preparado para a sua partida no primeiro avião de amanhã.

— Mas...

— Cumpra o seu dever. Só quero fazer algumas recomendações: seja discreto. Não fale muito. Não mostre qualquer ressentimento. Mantenha a linha elegante dos últimos dias. Você vai descer em vários países. Não dê entrevistas, não fale aos jornais. Lembre-se de que a palavra oficial e exclusiva sobre o assunto deve ser a nossa. O seu caso pertence agora ao Ministério do Exterior. Se o entrevistarem, diga apenas isso, não faça nenhuma declaração à imprensa. Você sabe o que são esses exploradores de escândalo. Fuja particularmente aos jornais sensacionalistas... Conto com você...

E paternalmente:

— E evite, quanto possível, bebidas falsificadas...

Uma inesperada cordialidade o bloqueou toda aquela noite. Os colegas não o largaram. Esteve prestigiado no hotel por adidos, secretários e louras jovens que lhe controlavam os gestos. Foi acompanhado até o aeroporto, mereceu, à saída, o primeiro beijo que subia daqueles joelhos impecáveis, só agora amolecidos. E só à noite, ao desembarcar num país estrangeiro, para a primeira pousada, CB percebeu que era, nada mais, nada menos, um acontecimento internacional. No aeroporto, ouvia a cada instante o seu nome, dedos e olhares o apontavam, repórteres batiam chapas, marcavam entrevistas para o hotel. Ao sair, viu jornais da tarde. Julgou reconhecer-se numa primeira página. Era de fato ele, em duas colunas, com manchete que não conseguiu entender. Estaria sendo atacado? Um tradutor da embaixada local deu a grande nova. Havia quatro dias o "Incidente Ruffus" era o grande assunto dos jornais.

— Mas como foi que a notícia chegou aqui? — disse o rapaz ingenuamente. — Os jornais de lá não disseram palavra... Estão me metendo o pau?

— Que bobagem, meu caro. Você é um herói nacional!

— Eeeeu?

— Ora, deixe de modéstia. Olhe: veja esta manchete... "Vai conferenciar com o presidente de sua pátria o secretário Ruffus..."

— Conferenciar?

— Veja esta outra: "Passa pela nossa capital o herói do 'Incidente Ruffus...'"

E lendo ao acaso uma terceira notícia: "Chamado à sua pátria para discutir sérios problemas de política internacional, passará esta noite em nossa capital o ilustre diplomata CB Ruffus, há pouco implicado em sério incidente de graves repercussões no panorama continental. Agredido barbaramente, num país vizinho, por nativos embriagados que rasgaram a bandeira de seu país, o ilustre homem público viu-se na obrigação de defender-se, tarefa que lhe foi fácil, graças ao fato de ter sido um dos mais famosos atletas de sua terra, em seus tempos de universidade. Espírito brilhante, diplomata do mais fino trato, já tendo servido em postos de responsabilidade na velha Europa..."

— Puxa! — exclamou Ruffus ainda sem entender.

Mas já estava no hotel. Novas chapas batiam-se. Dezenas de repórteres, que lhe faziam lembrar tanto os desnutridos jornalistas do país que deixara, perguntavam-lhe em várias línguas que não entendia e na sua língua de maneira ainda mais ininteligível, coisas sobre o incidente, com indiscrições sobre os seus planos.

— Mas é comigo? — perguntou Ruffus. — O que é que eles querem?

O adido cultural explicou. E CB Ruffus, lembrando-se das palavras da véspera:

— Sinto muito, meus amigos. Minha condição de diplomata não me permite falar, particularmente neste caso. Essa questão pertence agora ao Ministério do Exterior do meu país. Sinto muito...

E num estalo de crânio:

— Mas podem garantir que acredito, mais do que nunca, nas boas relações entre minha pátria e os países sul-americanos, dos quais o Brasil... (Brasil, não é? — perguntou em voz baixa ao adido, que confirmou com um aceno)... — dos quais o Brasil é, sem favor, o líder incontestável.

Se não fossem certos receios, o adido teria recomendado uma dose de uísque. CB fizera jus...

*

Mas foi ao tomar contato com a pátria que CB Ruffus teve a primeira sensação de haver alcançado renome quase tão grande quanto o de Lindbergh após o voo famoso. Milhares de pessoas rodeavam o aeroporto. Bandas militares tocavam marchas históricas. Representantes do Ministério do Exterior, cinegrafistas, comissões de toda sorte. Lá estava o senador Ruffus, à frente da numerosa família. Painéis oscilavam à superfície da multidão:

"Votai em Ruffus Senior!"

Aquele "senior" inédito abriu-lhe um clarão de luz no cérebro atordoado. Era um filho da glória, a deusa esquiva, como dizia o velho em tom de desdém, nos seus discursos de propaganda.

Ao se aproximar da massa ondulante, largo clamor o ensurdeceu. Foi distinguindo aos poucos. Eram vivas ao seu nome. Eram ataques aos bárbaros. O nome da pobre república, até então desconhecida do grande público, rabejava na lama. Reclamava-se vingança. Exigiam-se reparações. Oradores-relâmpago erguiam-se em tribunas improvisadas sobre alguns ombros patrióticos, saudando o homem que lutara sozinho contra os índios que haviam ousado desrespeitar a sagrada bandeira da pátria.

— Abaixo os bárbaros!

— Abaixo os ditadores sul-americanos!

Súbito, viu-se carregado também. A mole humana agitou-se, rumo ao hotel. Dos arranha-céus desciam palmas, chovia a neve de milhões de fragmentos de papel, bandeirolas se agitavam, beijos enchiam o espaço. Logo atrás vinha o senador, num vasto carro aberto, agradecendo também.

Pai e filho ainda não haviam trocado palavra. Houvera apenas um longo abraço, o pai com os olhos cheios de água, a multidão aplaudindo comovida. Outro abraço repercutira fundamente sobre o mar humano, o da progenitora, símbolo da mãe nacional, como diria pouco depois um vespertino entusiasmado. Cinegrafistas abriam caminho. Fotógrafos arriscavam a vida.

— Viva!

— Viva!

— Viva!

Afinal, o hotel, num suspiro de alívio. Mas já novos repórteres perguntavam coisas. Um sindicato jornalístico lhe oferecia uma fortuna pela narrativa exclusiva (já estava escrita, bastava assinar) pormenorizando todos os acontecimentos.

— Você já obteve, segundo os recortes recebidos — informou o senador, numa brecha entre os apertos e perguntas — quase três milhas de publicidade por coluna de jornal... Um sucesso, meu filho!

E só depois de passado o *rush,* ao olhar as pilhas de recortes e os novos jornais da tarde, em edições especiais que estavam chegando, CB Ruffus compreendeu que não era bem ele o agravado, não fora bem ele a vítima, não fora apenas ele que quebrara queixos e copos: fora a pátria!

A pátria é que fora ofendida na sua pessoa. Rasgado não fora o seu paletó, fora o pendão nacional. Séculos de soberania haviam sido insultados em CB Ruffus. Heróis da independência, desbravadores dos descampados, vencedores do deserto, mártires sob as mãos dos antigos agressores, bravos de todas as guerras nacionais — e o próprio soldado desconhecido! — suas cinzas haviam sido profanadas na pessoa de CB Ruffus! E pediam vingança! E exigiam desafronta!

De toda a vastidão do território nacional milhões de punhos se erguiam. Cumpria lavar a honra ultrajada, não seria possível deixar sem revide aquela página infamante na história gloriosa de um povo que nunca sofrera, antes, o menor desrespeito à sua soberania.

    Contratos e ofertas chegavam. Milhões lhe eram oferecidos para que percorresse o país, narrando em todos os teatros os horrores que havia sofrido, o heroísmo com que se defendera dos antropófagos. Uma cadeia de rádio já tinha um fabricante de sabonetes disposto a patrocinar um programa de meia hora em trezentas e cinquenta estações, nas quais Ruffus contaria de viva voz, a cem milhões de ouvintes, a sua aventura.

    — E assim como CB Ruffus soube lavar o nome da pátria dos agravos que lhe foram feitos — explicaria a seguir o locutor — o sabonete Plug-Plug lava, amacia e embeleza a pele...

*

    Enquanto isso, a triste república da pobre e inexplorada América Latina se encolhia, transida de medo. Tentara já algumas explicações. Mas não conseguia imprensa. O telégrafo e o rádio sacudiam o planeta com a repercussão fragorosa dos acontecimentos. Países grandes e pequenos emprestavam a sua solidariedade à nação ofendida.

    "El presidente" estava desesperado. O ministério se demitira. Novo ministério, constituído em razão da crise nacional, não se conseguiu manter. Havia um verdadeiro caos. Os generais mais ambiciosos recusavam a pasta da guerra. As oposições, aproveitando a confusão, erguiam a cabeça, falava-se em revolução. A embaixada estava inflexível. Não podia transigir. De modo que, para ver se apaziguava de qualquer maneira a honra insultada do grande povo, "El presidente" foi o primeiro a procurar o embaixador, e antes de tratar do problema imediato, lembrou que estava disposto a conceder à gloriosa pátria de Ruffus o monopólio da exploração das minas de estanho, que vinha sendo pleiteado há vinte anos, o da exploração do petróleo, também de longa data desejado, a abolição de certas barreiras alfandegárias, além de outros pequenos detalhes...

O embaixador tinha uma qualidade: era generoso. Teve pena de "El presidente", viu estar ele realmente disposto a iniciar uma política menos afrontosa, compreendeu que, para a estabilidade da vida interna do pequeno país, e mesmo para evitar que o incidente fosse o barril de pólvora de nova conflagração mundial, seria melhor esquecer. E foi assim que a paz voltou ao continente, após um acordo secreto e uma troca pública de ofícios em que as duas partes davam por encerrado o incidente.

*

Dois meses passaram. Ruffus Senior fora eleito por esmagadora maioria. CB Ruffus, glorioso e feliz, herói de milhões, tinha agora fortuna própria, mantinha contratos diretos de fornecimento com as maiores destilarias do mundo. Mas naturalmente queria continuar na carreira. E sonhava com Paris. Por várias vias fez ciente o Ministério do Exterior das pretensões a que se julgava com direito.

Afinal, certa noite, recebeu chamado telegráfico da chancelaria. Entrevista para o dia seguinte, às três horas. Lá foi.

O ministério fazia questão de seus serviços, claro! Exigia-o, mesmo. E tinha para ele uma grande missão, um grande posto. Ruffus exultou. E de coração pulando:

– Onde, Excelência?

— Na Tululândia...

— On... onde?

— Na Tululândia...

— Na Tululândia? — perguntou espantado CB Ruffus, lembrando-se de que na véspera lera, num jornal, pela primeira vez, o nome daquele estranho país sul-africano, 99% negro, de negros ainda nus, de uma ferocidade espantosa.

— Mas então é um castigo! — exclamou, já audacioso, credor que era da gratidão da pátria, ídolo de milhões de compatriotas. — Então é um castigo o que me dão!

— Pelo contrário — explicou suavemente o ministro. — É uma das missões de mais responsabilidade no momento. Esse pequeno país, quase desconhecido, de independência recente, é um dos mais importantes para a nossa vida internacional. Toróvia, a capital, é mais vital para nós que Paris, Londres, Moscou...

Baixou a voz:

— Basta dizer que é a zona que possui as reservas de petróleo mais fabulosas do mundo... Já temos todos os estudos feitos. Por enquanto só nós o sabemos. Mas o que é mais grave: o país tem uma forte corrente extremista que nos hostiliza de maneira selvagem. Temos que agir. A missão é da maior responsabilidade. Conto com o seu patriotismo...

Ruffus hesitou ligeiramente. Mas, a um olhar do ministro, falou:

— Bem, se é para o bem da pátria...

— Obrigado, meu filho, obrigado — disse o ministro, apertando-lhe a mão.

— E que instruções devo levar?

— Não é preciso. A legação em Toróvia já está informada dos nossos planos. Basta ir, meu filho, basta ir...

Apertou-lhe as mãos, novamente agradecido, remergulhou nos papéis e, mastigando o charuto e pensando alto, murmurou:

– É preciso fechar, o quanto antes, aquele país...

O EMPREGO

Valdemar Bulhões chegou, ainda ofegante, ao quarto modesto do seu pequeno hotel à praça da República. Já não precisaria aceitar companheiro, medida que poucas horas antes parecia indispensável. Era o único meio de baixar para cinco a diária, para ele pesada, de sete mil-réis. Agora podia ficar à vontade, mais tranquilo quanto ao futuro próximo. Tinha como enfrentar folgadamente um ou dois meses.

Palpou, feliz, o envelope no bolso. Respirou vitorioso. Apanhou a moringa, encheu o copo, achou deliciosa a água fresca, tocada de um vago sabor de barro limoso. Depois, voltando a chave, abriu a maleta de cantos estourando, velha de muitas viagens de toda a família pela Rede Sul-Mineira e pelos ônibus interurbanos da região, desconjuntados e duros. Seus olhos pousaram na etiqueta rasgada de um humilde hotel de Belo Horizonte. Parecia cicatriz a lembrar uma grande batalha. Batalha perdida, aliás. Porque seu pai nada conseguira naquela viagem de tão dolorosas recordações. Tudo agora voltava ao seu espírito. Durante uma semana o pai tentara inutilmente falar com o deputado Lemos, influência eleitoral poderosa, que nas campanhas políticas descia ao interior e distribuía sorrisos e promessas.

— É tempo perdido — garantira-lhe a esposa. — Ele nem te recebe...

Não recebera mesmo. Ou tinha saído, ou se achava em conferência, ou estava preparando um manifesto, ou só voltaria na manhã seguinte, porque fora inspecionar algumas das fazendas que possuía.

Afinal, encontrara-o num dos corredores da Câmara.

— Bom dia, dr. Lemos!

Com espanto, o velho Bulhões não foi reconhecido. Teve que se identificar. De Ouro Fino, filho do Janjão (que Janjão?), primo do Carlito Paiva (que Paiva?), tinha sido seu cabo eleitoral nas últimas eleições.

O deputado fechou a cara. Vinha pedido de emprego, na certa. Viria. Realmente Tonico Bulhões pleiteava um lugar vacante na Caixa Econômica Estadual. Mas de tal modo se irritara com a atitude do deputado, de tantos abraços e tantas promessas, que se limitou a perguntar:

— Como vai, dona Maroca? Melhorou da diabete?

Sentiu que o deputado ia perguntar que diabete... Cortou-lhe a palavra, mostrando que o fato não tinha, para ele, a menor importância. Acrescentou, rápido:

— O povo lá gostou muito do seu discurso sobre a Rede...

Aí os olhos do deputado se iluminaram:

— Teve boa repercussão?

— Muito grande. Só que ninguém espera resultado nenhum... Aquela estrada não tem conserto...

E dando por finda a conversa:

— Mas com licença, doutor. Tenho que procurar um amigo.

Fez que não viu a mão estendida. Saiu para não voltar. No dia seguinte regressava. Torrara pequenas economias. Mas tinha muito que contar, para o resto da vida.

— Eles só conhecem a gente em tempo de eleição!

Valdemar Bulhões olhava a etiqueta, pensava em sua aventura pessoal. Também deixara a terra para uma tentativa de emprego. Na cidade pequena todo mundo se conhecia. Os Bulhões eram relacionados. Valdemar tinha vários amigos em posição privilegiada, subindo na crista da onda revolucionária que sacudira o país. Com sua experiência anterior, o pai se opusera. Mas Valdemar sentiu-se fascinado pelo Rio e soubera resistir à sabedoria do pai e às lágrimas da mãe. Um jeito daria! E durante duas semanas correra os conterrâneos bem situados. Todos de grandes abraços no começo, de vinco na testa, quando falava em emprego. Era decepção a cada passo. Percebia que, apesar das palavras amáveis — "apareça! apareça!" — todos gostariam que não aparecesse mesmo.

Só o Vilela, agora dr. Joaquim Vilela (como conseguira o "doutor"?) o recebera com real simpatia. Haviam molequeado juntos pelas praças e arredores de Ouro Fino, amizade sincera. E, embora no momento nada lhe pudesse arranjar, Valdemar sentira a sinceridade daquele convite:

— Mas apareça, homem! Olhe, venha todas as tardes bater um papo, contar coisas da terra. É só entrar!

Como o dia fosse longo e vazio, Valdemar aceitara o convite. E diariamente passara a dar um pulo à repartição onde Quinzinho Vilela, a merecer barretadas e mesuras de todos, parecia um semideus. Comovia-se, ao ver a simplicidade sertaneja com que o amigo o recebia.

— Olhe: passe às quatro e meia, para apanhar o café.

E sempre interessado:

— Como é: conseguiu alguma coisa?

Recordando, agora, a pergunta habitual, Bulhões ergueu-se, de alma em festa. "Conseguira". E retirou do bolso uma vez mais o envelope amassado no qual duas notas de quinhentos mil-réis, novinhas, representavam inesperada estabilidade para os dias incertos de sua aventura no Rio.

De fato, fora uma surpresa. E agira sem nenhum pensamento preconcebido. De boa-fé. Ele deixava a sala do amigo, na repartição, quando aquele desconhecido o abordou, com ar misterioso, convidando-o para um café na esquina. Acompanhou-o, sem maldade. Pediu-se o café.

— Não prefere um mineiro com torradas?

Valdemar agradeceu. Ia jantar pouco depois. Não contou que ia enfrentar apenas uma xícara de mate com pão simples, num café próximo do hotel. Mas não estava para dever favores a estranhos. Foi quando o homem falou:

— O senhor é amigo do peito do doutor, não é?

— Somos conterrâneos, companheiros de infância.

— Pois olhe: talvez o senhor me possa fazer um grande favor...

E untuoso e de fala macia o interlocutor lhe disse que tinha uma fatura para receber, de quase cem contos, na repartição. O processo estava em ordem, mas se arrastava desde dois anos. Ele estava quase a ponto de ir à falência, atrasado até no pagamento dos auxiliares, com os fornecedores ameaçando protestar os títulos vencidos. Tudo dependia apenas do despacho do doutor. Mas o doutor era, praticamente, inacessível. E onipotente. Tudo estava pronto. Bastava a assinatura. Os papéis já estavam na mesa do chefe desde fins de janeiro. Mas, enquanto outros saíam, os seus continuavam parados. Esquecimento, claro. Excesso de trabalho. O moço não o poderia ajudar, pedindo ao doutor que os despachasse? Era coisa líquida, legal, limpa. E viria evitar uma desgraça... Não sabia mais como resolver a situação. E prometendo que saberia ser grato, despediu-se.

No dia seguinte, ao se dirigir ao gabinete do amigo, já sem ser anunciado – era de casa – Valdemar notou que toda a gente o olhava com admiração e interesse. E lembrando-se do desconhecido da véspera, perguntou ao amigo se não havia, entre os papéis, por despachar, o de uma certa firma que negociava em madeiras.

– Só vendo... – respondeu o outro.

Valdemar falou, então, de uma pessoa que conhecera dias antes e lhe contara uma história triste. Estava a pique de ir à falência, porque havia dois anos aguardava um pagamento na repartição.

– Disse que tudo depende de sua assinatura. O pobre está desesperado...

O homem de Ouro Fino sensibilizou-se. Revolveu, curioso, o monte de documentos, deu com o processo.

– Será este?

– Acho que sim.

Quinzinho Vilela examinou-o rapidamente, após-lhe a assinatura, chamou um contínuo.

– Toca esse troço.

E despreocupado, pôs-se a conversar. Recebera carta da terra. A Luisinha Silva ficara noiva do delegado, um rapaz de Uberaba. O velho Cortes andava mal do coração. A mulher do Amarante seguira para São Paulo, em tratamento. Câncer na língua, segundo os médicos. E a mulher do tabelião armara novo escândalo...

Veio o café. Novos papéis foram despachados. Partes entravam, pedindo favores ou providências, propondo negócios. A palestra se prolongou.

Ao sair, muito depois de encerrado o expediente, já esquecido do que se passara, Valdemar Bulhões teve a surpresa de ver que o homem da véspera o aguardava na porta, convite novo para um cafezinho.

— Não quer um mineiro com torradas?

Dessa vez aceitou. Afinal de contas, fizera-lhe um favor... Aí o homem se desfez em agradecimentos. Estava salvo! Devia tudo ao "caro amigo". Fazia questão de oferecer-lhe uma lembrança. Coisa sem importância. Apenas para mostrar a sua gratidão. E passou-lhe o envelope.

— Ora! O senhor se incomodando...

O homem, sorridente, enfiou-lhe o envelope no bolso do paletó. Valdemar, o coração batendo forte, tomou apressado o chocolate, engoliu as torradas, agradeceu, despediu-se. Aliás, o outro tinha pressa também. Quando se viu longe, ao dobrar a esquina, tirou disfarçadamente o envelope, quase não acreditou naquela fortuna: um conto de réis! E tropeçando e alvoroçado, a cada passo voltando a palpar o envelope, examinou outra vez, correu para o hotel...

*

— Que é que houve, homem? Você não apareceu ontem!

Valdemar Bulhões explicou. Estivera ocupado na mudança. Acabava de transferir-se para uma pensão em Botafogo. O hotelzinho da Praça da República era lamentável...

— Mas não era barato? Você arranjou emprego? — perguntou o amigo.

Bulhões gaguejou, como apanhado em falta.

— É... é que eu recebi dinheiro de casa...

— Veja lá! Enquanto você não se coloca, o melhor é ir tenteando a coisa com calma... Você não pode se dar a luxos...

A observação era de amigo. E doeu-lhe na carne. Espanto seria o do antigo companheiro se soubesse que era mesmo pensão quase de luxo. E que já encomendara dois ternos e almoçava agora na Brahma e jantava no Lido.

Sim, porque a vida tomara rumo, afinal! Dois dias depois do negócio com o homem das madeiras, ao se aproximar da repartição, novo estranho o convidara também para um cafezinho. História quase igual à primeira. Mas desta vez promessa formal: se conseguisse apressar o pagamento, receberia dois contos de réis.

— Vou ver o que é possível — disse Bulhões. E dirigiu-se para o gabinete do chefe, com um vago sentimento de culpa.

Não se atreveu, dessa vez, a falar francamente. Esperou que o amigo saísse da sala, como tantas vezes fazia, para examinar a pilha de documentos. Encontrou o processo lá embaixo. Agarrou-o trêmulo, colocou-o em segundo lugar, acendeu um cigarro, sentou-se, pôs-se a ler o jornal.

— Tem recebido carta? — indagou o amigo de volta.

Bulhões respondeu, num sobressalto. Recebera. E Ouro Fino, com seus mexericos, encheu o gabinete. Vilela, apesar de não rever a terra havia muitos anos, era todo Ouro Fino. O rapaz se inquietava. O tempo corria.

— Eu estou atrapalhando você, Vilela. Despache os seus papéis.

— Tem tempo. Esses vagabundos que esperem.

E voltou a falar do mau serviço da estrada que era a desgraça da região, meteu o pau no prefeito, falou de novo na mulher dos escândalos tão de seu agrado.

— Ela é muito boa, não acha?

Claro que achava...

— Mas olha: despache os papéis, homem! É por isso que falam mal de repartição pública.

Vilela riu bem-humorado, apanhou os documentos, examinou o primeiro, assinou. Bulhões olhava e tremia. Seria descoberto o abuso de confiança? Quando viu o amigo tomar o processo nas mãos, engasgou com a fumaça do cigarro, teve um acesso de tosse.

Você está fumando demais — disse Vilela. — É preciso cortar um pouco. E cigarro custa caro...

Vilela era da economia.

— É... eu vou diminuir — prometeu num tom servil.

E pensou em sair. Mas deteve-se, tranquilizado, ao ver que a assinatura cheia de riscos e volteios era aposta, calmamente, no papel.

Vinte e quatro horas depois, Valdemar Bulhões, bom mineiro, abria caderneta na Caixa Econômica.

*

Depois tudo se industrializou.

— Vai ser difícil... Há muito processo na frente...

— Mas o senhor dá um jeitinho, que eu sei...

Criava problemas. Tinha escrúpulos.

— Mas há outros com prioridade...

— Ora, seu Bulhões... No Brasil tudo se ajeita...

Era verdade. Às vezes Bulhões punha audaciosamente o processo no alto da pilha. De outras, em terceiro, em quinto lugar... Desenterrava processos durante anos esquecidos. Fazia despachar outros que tinham entrado dias antes.

— Não se preocupe comigo, meu velho. Eu não quero perturbar o seu trabalho. Vá assinando... A gente conversa do mesmo jeito. Ontem recebi carta...

— Recebeu? — pulava o amigo interessado.

— Assine. Depois eu conto. Ou melhor, vá assinando enquanto eu conto... A Mariazinha do tabelião...

— Hem?

E Valdemar, risonho:

— Assina, compadre! Depois vão dar parte contra mim... Que eu não deixo você trabalhar...

E interessado no mexerico de aldeia, Vilela ia assinando, sem maior exame.

*

Várias vezes Valdemar Bulhões sentira a tentação de abrir-se, de falar. Sabia estar sendo desleal, que não era direito. Afinal de contas, não praticava uma desonestidade. Não prejudicava ninguém. Ele servia credores legítimos. Sabia, porém, que estaria mortalmente perdido, diante do amigo, quando este descobrisse o que estava ocorrendo. Um amigo tão franco, tão de olhar cristalino, tão correto... Pela convivência de seu gabinete, Bulhões não ignorava que Vilela era incorruptível, caso raro de honestidade. Apenas um pouco displicente, deixando os papéis se acumularem, preferindo um bate-papo a qualquer trabalho. E convencido, mesmo, de uma coisa: demorando os papéis, servia o governo. Era dinheiro que não saía... Mas o grave é que, agora, muita gente o julgava comparsa dos seus arranjos. Mais de um fornecedor, ao lhe passar a bolada prometida, aumentava a parada.

— O senhor, naturalmente, tem de repartir...

No dia em que Vilela se visse envolvido na suspeita de corrupção, morreria de vergonha. E o que doía era aquela preocupação tão ingênua com os seus problemas, o seu desemprego. Os conselhos para economizar, para não perder a esperança, repetiam-se todos os dias:

— Venha sempre na hora do café, Bulhões. Aproveite...

— Vá almoçar domingo lá em casa... É uma despesa a menos.

— Mas você está doido! Terno novo, criatura!

— Foi o velho que exigiu. Disse que é preciso aparentar... Do contrário, a gente não consegue nada!

Mas daí por diante, quando se dirigia à repartição, para agir, Bulhões punha os ternos mais velhos. Às vezes, ia de barba por fazer. E o amigo preocupado:

— Seja franco, Bulhões. Se precisar de alguma coisa, fale...

Ah! Se ele um dia descobrisse! Que pena ser tão absurdamente puro! Em lugares correspondentes ninguém deixava de levar vantagem... Agora, que tinha intimidade maior com os fornecedores, que se abriam com maior cinismo, ele sabia quanto a corrupção campeava e como diretores, pagadores, chefes, pequenos e grandes funcionários, todos tinham a sua beirada, todos se defendiam... Era na Central do Brasil, nas repartições civis e militares, nos ministérios, até no Catete... Bulhões conhecia, através das partes interessadas, os colegas ilustres cujo exemplo do alto aquecia o seu coração e lhe amortecia o remorso. Para a legião de peculatários entrava, sem o saber, o pobre Vilela, Quinzinho Vilela, seu amigo de infância...

— Se você precisar de alguma coisa, seja franco, meu velho...

Como poderia ele confessar que estava precisando apenas de comprar pneus novos para o fordinho usado, adquirido na semana anterior, e cuja existência seria o maior dos espantos para Quinzinho Vilela?

*

Valdemar Bulhões voltou do telefone acabrunhado. Acontecera, afinal, a temível desgraça! Vilela devia ter descoberto, já sabia de tudo. De outra forma, não teria mandado o contínuo telefonar-lhe, pedindo que comparecesse urgentemente ao seu gabinete. Urgência, por quê? À tarde, como de costume, ele teria aparecido. Aliás, na véspera, colocara em posição estratégica um processo pelo qual lhe haviam garantido – os negócios iam melhorando! – nada menos de vinte contos. Convencia-se, por fim, de que era pesado, de que nunca venceria na vida... Quando tudo se encaminhava tão bem – tinha até pensado em alugar uma salinha no centro, para regularizar os negócios, evitar aqueles encontros no Café Boa Sorte – o castelo encantado ruía com um simples telefonema! Até já havia pago a entrada inicial para um apartamento no Flamengo!

Mas não era só o descalabro. Era a desmoralização! Com que olhos enfrentaria o leal amigo de tantos anos? Como se justificaria? Como se fazer perdoar, menos pelo abuso que pela infâmia lançada sobre o seu nome inatacável?

Desceu para a rua, vagou a esmo pela cidade. Chegou a pensar em fugir. Voltaria para a humilde Ouro Fino de sua infância. Acabara a mina de ouro! Felizmente possuía carro para a fuga. Era, aliás, tão inesperado e tão novo na sua vida, que se esquecera dele, saíra a pé, como nos tempos de miséria modesta e provinciana. As horas passavam. Fugir? Não fugir? A certa altura, encheu-se de coragem.

Fora desonesto. Fora desleal. O melhor seria confessar, pedir perdão, humilhar-se, entregar-se à prisão, se preciso. Mas, pelo menos, ser homem! E, por fim resolvido, como carneiro para o matadouro, marchou rumo à repartição.

Vilela recebeu-o, impaciência visível. Bulhões estava pálido, encolhido, pequenino. Mal deu pela grande alegria que lhe brilhava nos olhos.

— Que demora, criatura! Que é que houve? Pensei que você não ia aparecer mais! Eu chamei você às doze e trinta!

Bulhões gaguejou sem palavras. Mas Vilela transbordava:

— Resolvi o seu caso, meu velho! Está tudo resolvido!

Bulhões olhou-o sem entender.

— Você está empregado, batuta! Está empregado!

— O quê?

Vilela vibrava de entusiasmo. Conseguira-lhe, afinal, um emprego.

— Um emprego?

— Pra começar amanhã!

— Mas onde?

— Num escritório de importação...

— Mas eu não entendo disso...

— Não precisa entender. Você não é datilógrafo?

— Sou.

— Pois então! Está colocado...

— Mas não é preciso fazer antes uma prova?

— Ora, não tenha receio! O homem precisa de mim. Você está colocado. Olhe: vá lá agora... Leve este bilhete. Acabaram-se os meses de amargura. São setecentos mil-réis por mês, meu caro, *setecentos*!

Entregou-lhe a apresentação. Valdemar recebeu o envelope, ficou hesitante. Sentiu um grande alívio. Felizmente a desgraça não acontecera. Mas desabava das alturas! Descia, de brusco e definitivo, de uma fabulosa vida em começo, para a mediocridade irremediável daqueles setecentos por mês! Amarrotava o pequenino papel, titubeava. Era o seu fim. E se falasse com franqueza? E se dissesse ao amigo da mina de ouro que estava perdendo... e que podia até ser dividida? Não, não seria possível! Aliás, Vilela, carinhoso, o animava:

— Corra, criatura! Vá procurar o homem! Não há razão para temores. O emprego está no papo!

E empurrou-o docemente. Já na porta, como um náufrago, Bulhões se lembrou do negócio da véspera, sua última chance. De agora em diante, de oito da manhã às seis da tarde, teque-teque na máquina, patrão implicando, menos de quatrocentos mil-réis no fim da quinzena... Lutou consigo mesmo, vacilou, reagiu. Súbito, num lance desesperado de audácia, voltou-se para o amigo:

— Escute, Vilela... Ontem eu abusei da sua confiança...

— Hem?

— Ontem um amigo meu, que está numa situação trágica e tem uns cobres a receber aqui, me pediu que facilitasse o despacho do seu processo... Eu abusei da sua confiança, procurei os papéis, botei no alto da pilha. Você pode assinar isso hoje, para ajudar o coitado?

Vilela parou no meio da sala.

— Ah! Sim! Um tal de Medeiros & Caldas!

— Isso mesmo.

— Já despachei...

E sem transição:

— Mas deixe de perder tempo, homem de Deus! Leve o bilhete. Olhe que uma oportunidade dessas não se despreza! São setecentos por mês!

Bulhões, quase tocado, viu-se em frente ao elevador. O amigo olhava-o, satisfeito com a boa ação praticada:

— Um empregão, meu caro! De muito futuro! No fim do ano eles te aumentam, pelo menos, para oitocentos mil-réis!

Abriu-se a porta do elevador. Bulhões entrou. Já se ia fechar, quando ele estendeu o pescoço para fora, pálido, um gesto no ar, o sorriso contrafeito:

— E muito obrigado, Vilela! Muito obrigado por tudo!

MADRUGADA

Dobrei a esquina do hotel, cansado e com sono. Caminhara o dia inteiro, tomando contato com a cidade, olhando vitrinas, examinando tipos, lendo tabuletas e painéis, admirando mulheres, ouvindo frases soltas, de diálogos alheios, procurando reconstituir, pela frase mal ouvida, o rumo da conversa, o drama, a intriga, o mexerico, os interesses que uniam aquela gente cheia de gestos e abraços.

Duas da madrugada. Às sete devia estar no aeroporto. Foi quando me lembrei de que na pressa daquela manhã, numa outra cidade, ao sair do hotel, deixara no banheiro o meu creme dental. Examinei a rua. Nenhuma farmácia aberta. Dei meia-volta, rumei por uma avenida qualquer, o passo mole e sem pressa, no silêncio da noite. Alguma haveria de plantão... Rua deserta. Dois ou três quarteirões mais além, um guarda. Ele me daria indicação. Deu. Farmácia Metrópole, em rua cujo nome não guardei.

— O senhor vai por aqui, quebra ali, segue em frente.

Dez ou doze quarteirões. A noite era minha. Lá fui. Pouco além, dois tipos cambaleavam. Palavras vazias no espaço cansado. Atravessei, cauteloso, para a calçada fronteira. E já me esquecera dos companheiros eventuais da noite sem importância quando estremeci ao perceber, pelas pisadinhas leves, um cachorro atrás de mim. Tenho velho horror a cães desconhecidos. Quase igual ao horror pelos cães conhecidos, ou de conhecidos, cuja lambida fria, na intimidade que lhes tenho sido obrigado a conceder, tantas vezes, me provoca uma incontrolável repugnância.

Senti um frio no estômago. Confesso que me bambeou a perna. Que desejava de mim aquele cão ainda não visto, evidentemente à minha procura? Os meus bêbedos haviam dobrado a esquina. Estávamos na rua apenas eu e aqueles passos cada vez mais próximos. Minha primeira reação foi apressar a marcha. Mas desde criança me ensinaram que correr é pior. Cachorro é como gente: cresce para quem se revela o mais fraco. Dominei-me, portanto, só eu sei com que medo. O bicho estava perto. Ia atacar-me a barriga da perna? Passou-me pela cabeça o grave da situação. Que seria de mim, atacado por um cão feroz numa via deserta, em plena madrugada, na cidade estranha? Como me arranjaria? Como reagiria? Como lutar contra o monstro, sem pedra nem pau, duas coisas tão úteis banidas pela vida urbana?

Nunca me senti tão pequeno. Efeito do uísque de má morte, ingerido na boate encontrada ao acaso, tomou-me descontrolada sensação de desamparo. Eu estava só, na rua e no mundo. Ou melhor, a rua e o mundo estavam cheios, cheios daqueles passos cada vez mais vizinhos. Sim, vinham chegando. Não fui atacado, porém. O animal já estava ao meu lado, teque-teque, os passinhos sutis. Bem... Era um desconhecido inofensivo. Nada queria comigo. Era um cão noctívago, alma boêmia como tantos homens, cão sem teto que despertara numa soleira de porta e sentira fome, com certeza, saindo em busca de latas de lixo e comida ao relento.

Um doce alívio me tomou. Logo ele estaria dois, três, dez, muitos passinhos miúdos e leves cada vez mais à frente, cada vez mais longe...

Não se prolongou, porém, a repousante sensação. O animal continuava a meu lado, acertando o passo com o meu, teque-teque-teque, nós dois sozinhos, cada vez mais sós... Apressei a marcha. Lá foi ele comigo. Diminuí. O bichinho também. Não o olhara ainda. Sabia estar ele a meu lado. Os passos o diziam. O vulto. Pelo canto do olho senti que ele não me olhava também, o focinho para a frente, o caminhar tranquilo, muito suave, na calçada larga.

— Bem, na esquina ele me deixa — pensei quase em voz alta.

Para a esquina fomos. Parei, vagamente hesitante, sem saber se era naquela ou na esquina seguinte que devia dobrar. E imediatamente vi que o bicho se detinha e me fixava.

Não me liberto deste bicho, pensei, olhando-o, quase disposto a lutar, a enfrentá-lo com decisão.

Mas o bicho desviou os olhos.

É traiçoeiro e covarde, pensei. Se não tomo cuidado, ele me ataca.

E de novo o medo me alcançou. O animal devia estar com fome. Talvez estivesse desesperado. Não podia penetrar-lhe as intenções, é claro. Se ele ao menos me olhasse, poderia formar alguma ideia. Mas ele olhava, com uma curiosidade despreocupada, para outro lado.

Dei dois passos à frente, ele fez menção de marchar. Fiz meia volta à esquerda e atravessei a rua. O animal vacilou, ficou um instante parado.

— Desistiu — disse comigo.

E estuguei o passo.

Mas ainda não alcançara o outro lado, já o tinha junto a mim, as patinhas sutis, em ritmo cadenciado, pipocando no chão.

— Ele há de parar em algum poste. Nesse momento, fujo.

Mas os postes sucediam-se, e, caso raro entre os cães, ele continuava indiferente. Não farejava, não hesitava, não parava, parecia farto dos cheiros caninos que em todas as árvores, postes, quinas e esquinas tanto excitam os seu irmãos de toda a terra.

Assim foi que continuamos, às vezes mais rápido, outras vezes mais lento, metros, metros e metros, ao longo de calçadas, cruzando ruas, quadras, quadras, quadras.

O medo maior havia passado. Já caminháramos juntos vários quarteirões e ele não dera indício maior de hostilidade. Provavelmente nada teria contra mim. Não era de briga. Mas a sua presença me transmitia um indizível desconforto. Marchávamos quarteirões sobre quarteirões sem que houvesse outro alguém nas ruas de iluminação visivelmente racionada. E aquela sensação de continuar sozinho ao sabor dos caprichos de uma dentada de rafeiro sem dono, sem ninguém para quem apelar, sem porta aberta onde buscar refúgio, punha-me um aperto na alma, de impossível negar.

Com que alívio, num dobrar de esquina, avistei o letreiro luminoso que anunciava a farmácia. Luz vinha do interior. Estava aberta. Lá encontraria outros seres humanos, ouviria voz humana, dividiria com os outros a atenção do animal. Talvez se perdesse por entre os balcões ou por entre as pernas de outros possíveis clientes. Talvez se interessasse por eles. Talvez se assustasse com as luzes da casa e arrepiasse carreira. Ou talvez, pelo menos, estivesse distraído, à minha saída, permitindo-me a fuga.

Entrei. Creme dental. Por que não uma escova nova? Quanto custava a loção de barba anunciada naquele cartaz com um homem sorridente que afinal descobrira o segredo de conquistar o olhar e o coração de todas as mulheres? Era caro? Não era? Eu queria, na verdade, encher tempo. Havia de descoroçoar o meu estranho companheiro de madrugada, que felizmente ficara lá fora. Após alguns minutos, já pago o creme dental e uma latinha de talco, voltei-me para a porta. Não o vi. Desaparecera, afinal! Boanoitei, satisfeito, e ganhei a rua.

Mal dei os primeiros passos, porém, vi que era acompanhado outra vez.

— Você não pirou, seu cachorro?

O cachorro me olhou pela primeira vez, com olhos tão doces e interrogativos, que me comovi. Pareceu-me ver o desespero da sua incompreensão, menos pelas palavras que pela aspereza do tom. Parei. E foi numa tentativa de reconciliação, envergonhado comigo mesmo, que sorri para o meu misterioso acompanhante:

— Como é, compadre... você não tem casa?

Naturalmente ele não entendeu as palavras, mas sentiu que o tom era outro. Havia agora uma tranquilidade amiga nos seus olhos bons.

Recomecei a caminhada, pleque-pleque ele seguia, sereno, humilde, cabisbaixo.

Resolvi fazer experiências. Dobrava esquinas, cruzava as ruas, ia de uma para outra calçada. Sempre que mudava de rumo ele estava a meu lado, não atrás, não à frente, silencioso e calmo, sem mostrar surpresa, jeito cansado de resignação e doçura.

Voltei a falar-lhe várias vezes. Sempre que falava, detinha-me. Ele se detinha também e me encarava com uma curiosidade muda e mansa. Não havia sofrimento na sua impossibilidade de responder. Nem esforço. Era um pobre cão de rua na madrugada sem homens nem carros nem barulhos.

Como se chamaria? Fiel? Sultão? Peri? Lord? Leão? Joli? Chamei vários nomes e nenhum teve sentido. Era cão sem dono e sem nome, apesar de não dar impressão de desnutrido, que ele saberia seguramente se defender na batalha pelos ossos da rua.

Mas não estaria com fome?

Assaltou-me de novo aquela ideia. A marcha silenciosa ao lado do homem desconhecido talvez não significasse outra coisa.

— Está com fome, velhinho?

Seus olhos doces nada disseram, mas ainda assim convenci-me de que era esse o problema. Tive remorso da minha insensibilidade. Fiel, Lord ou Sultão, com ou sem dono, deveria ter fome. Por isso caminhava pela noite adentro. Por isso aderia ao primeiro passante. E alonguei os olhos a ver se descobria algum bar ou botequim. Alguns quarteirões adiante, numa rua transversal, havia feixes de luz sobre a calçada. Para lá rumei, certo de que o meu amigo me acompanharia. Os passinhos se amiudaram em meu seguimento. Era um bar de última classe. Um mulato dormia, a cabeça caída sobre a mesa de ferro.

— Tem queijo?

Atirei-o ao cachorro. O animal olhou com indiferença.

— Mortadela?

Meu companheiro não se mostrou interessado.

Vi um pernil de porco. Pedi um pedaço. O português do balcão me achava muito mais bêbedo que o seu bebedor solitário e adormecido. Mas satisfez a encomenda.

Abaixei-me, chamei o cão, ele se aproximou, agitando a cauda, estendi-lhe, sem o jogar no chão, o naco cheiroso e tentador. O cachorro, os olhos onde nadava uma doçura ainda mais contagiosa, contemplou longamente a oferta inesperada e voltou-se para a rua, como a dizer que não tinha fome.

— Quanto é?

Paguei a despesa e saí, meu amigo a meu lado, teque-teque na calçada.

É amigo desinteressado, pensei. Talvez esteja aqui para me proteger. Sentiu, talvez, que estou correndo algum perigo.

E um receio novo me encheu o coração. Dois quarteirões adiante ouviam-se os passos de um noctâmbulo apressado, atravessando a rua. Nisso, avistei as luzes do hotel. Senti a necessidade de correr para ele, de fugir novamente. Atravessei a rua e, pela primeira vez, o meu cão ficou do outro lado, pensativo. Tornou-me um medo supersticioso.

— Como é! Você não vem?

Sem hesitação e sem festa, como num gesto de rotina, ele baixou a cabeça e veio ao meu encontro, continuou a marchar comigo.

Meu coração se alegrou:

— Você está aqui para me proteger, não é, velhinho?

Ele continuou caminhando, de cabeça humilde.

Estávamos à porta do hotel.

— Quer entrar?

Ele me contemplou com o jeito triste de quem sabia ser inútil o convite. A larga porta iluminada não fora feita para os cães da rua. Examinei o meu relógio de pulso. Três da manhã. Dentro de quatro horas deveria estar no aeroporto.

— Então adeus, camarada...

Curvei-me, acariciei-lhe a cabeça, ele fez um movimento macio de agrado e de gratidão.

Dois ou três minutos depois eu estava no meu apartamento do segundo andar. Cheguei-me à janela. O cachorro continuava na calçada, solitário e sereno, olhando talvez com tristeza as luzes do hotel imponente.

Nisso, vem da esquina, do outro lado, um vulto de homem. Os passos ressoam. O vulto cambaleia na noite. O animal voltou os olhos, ficou a contemplá-lo, por alguns segundos. O homem caminhava pela calçada fronteira, passava agora sob as luzes fortes, continuava, incerto e só. Foi quando o meu companheiro se movimentou. Cruzou a rua, teque-teque, foi chegando, acertou o passo com o desconhecido. Vi-os caminhando lado a lado, mais um quarteirão. Na segunda esquina o homem dobrou. Meu amigo também.

VALDOMIRO

Faz trinta anos que deixei minha pequena cidade do interior. Um modesto emprego público me libertava do monótono trabalho no cartório local. Vim para não voltar. Julgava-me desligado por todo o sempre de amigos, vizinhos e mexericos humildes. Senti-o bem quando me instalei na rua Bela Cintra, casa de porta e janela, hoje absorvida, com várias outras, por um arranha-céu. Não conhecia ninguém. Não cumprimentava ninguém. Um sossego. É verdade que, com o tempo, outras relações foram surgindo. Mas, pelo menos, acabava Rio Preto.

Acabava, dizia eu. Ou melhor, assim pensava. Eu iria voltar à modesta Rio Preto de então, muito em breve. De fato, seis meses depois, justamente na rua Bela Cintra (a casa também já desapareceu), vinha residir a viúva do meu amigo Matoso, bruscamente empobrecida com a morte do marido. Vendera as pequenas posses, viera para São Paulo, onde tinha parentes que não lhe deram atenção, e ia passar longos anos presa à sua velha máquina de costura, para educar os filhos.

Eram dois. Um, três anos depois, caía com pneumonia dupla. Naqueles idos, pneumonia matava muito. Ficava Ângela. Tinha dez anos. Pálida, vagas olheiras, o rostinho lindo, o olhar sonhador. Quando vimos a viúva Matoso, volta de Rio Preto à nossa vida, eu e minha mulher sentimos uma grande alegria. Dalva ajudou-a no que pôde, indicou-lhe freguesas. Tinha paixão por Ângela. E ainda hoje me lembro que, certa noite, já lá vão muitos anos, ouvindo Ângela cantar o "tão longe, de mim distante", voltou-se para mim:

— Estava aí um amor de nora...

E olhando o Carlito, que jogava bola de meia na calçada, assumiu um ar de avó que me assustou.

Foi intuição, creio. Os anos iriam dizer que havia um anjo protetor a impelir Carlito para outros amores prematuros. Primeiro, uma italianinha cujo pai sapateiro acabou milionário. Logo a seguir uma pequenina alemã cheia de sardas que hoje dirige uma confeitaria em Vila Mariana. Pouco depois (ele tinha catorze anos), uma normalista gorduchinha que já me deu três netos.

Vendo-a, vendo-os, vendo o Carlito hoje quarentão, próspero corretor de imóveis, tremo ainda só em imaginar o que seria o nosso destino, se o garoto, obediente às insinuações maternas, se tivesse lançado rumo à filha da viúva Matoso, porque a vida a esperava de tocaia para estranhas andanças.

Dalva já se foi há muito. Pneumonia também. (Era doença do tempo, muito favorecida pelo clima paulistano). Vivo só, há mais de vinte anos. Há mais de vinte anos acompanho, com tristeza de irmão, as agonias de dona Laura (é a viúva Matoso), lutando sempre, no heroico pedalar da velha Singer, pela educação da filha antes, pelo próprio sustento, depois. E incerta e desarvorada e sem amparo, vendo a vida levar, nos seus descaminhos, a pobre menina pálida, de dedos longos, de olhar distante, que aprendia violão por ser o piano impossível e preferiu ficar em casa, ocupada com uma insignificante enxaqueca de dona Laura, naquele 7 de Setembro em que se festejava o centenário do Grito do Ipiranga, só porque não tinha vestido condigno para descer à cidade.

Minha mulher ainda viva, era costume nosso ir, quase todas as noites, à casa de dona Laura. Estava o chão, quase sempre, coberto de retalhos de pano, coloridos e caprichosos, figurinos pelas cadeiras de palhinha gasta, moldes em papel de jornal sobre a mesa de pinho.

— Mamãe, olha essa desarrumação! Que coisa mais triste! Podem até pensar que você é costureira.

Parece de ontem essa exclamação de Ângela, numa de nossas primeiras visitas. Dona Laura olhou-a, surpresa:

— E não sou, minha filha?

O rosto de marfim velho enrubesceu.

— Não é, não senhora! *Está* costurando. É outra coisa...

Falou em tom definitivo e cortante. Dona Laura, um pouco simples, sorriu:

— Ah! É por isso que você não traz aqui as suas amigas, não é? Para que elas não vejam...

Aí a vozinha linda vibrou irritada:

— Porque eu nunca vi casa mais suja, entendeu?

E se abaixou, rubra de humilhação e de cólera, a apanhar os retalhos.

Apanhar retalhos era a preocupação mais viva da menina. Muita vez a surpreendemos naquele apressado esconder da grande vergonha familiar de ter mãe costureira, mãe que ela amava, é preciso reconhecer, com extremos de ternura, de quase idolatria.

Mas Ângela ia crescendo. Cada vez mais pálida, os dedos mais longos, o olhar mais perdido.

Um dia, já minha mulher morrera, Ângela teria seus dezesseis anos, encontrei dona Laura de olhos pisados. A confidência triste não demorou: Ângela apaixonada!

— Mas que mal há nisso?

— Ele é casado, com o perdão da palavra — disse dona Laura. — Um tal de Henrique não sei de quê, médico. Felizmente parece que nem sabe da história!

— Ainda bem!

— Mas não é isso o que me desespera — disse dona Laura, recolhendo apressada alguns retalhos do chão. — O que me assusta é que ela não acha pecado... Acha que o amor está acima de tudo!

Ângela vinha chegando. Dona Laura descobriu embaixo do sofá de molas cansadas um retalho vermelho, que escondeu rapidamente. O assunto morreu.

Tempos depois encontrei minha velha amiga novamente chorosa. Recolhi eu, desta vez, um retalho teimoso.

— Que há de novo, dona Laura?

— Ângela ficou noiva.

— Parabéns — exclamei.

— Mas eu sei que ela inda gosta do outro. Ficou noiva de raiva.

E os olhos no céu:

— Deus que me perdoe! Deus que me perdoe!

*

Ela me pedira, pelo telefone, que a fosse ver. Os cabelos um pouco desfeitos, aquele ar cansado de sofrimento, que se acentuava dia a dia, dona Laura nem me estendeu a mão. Foi quase um grito de angústia, quando me viu:

— Ângela vai casar!

Apesar do incontido desespero de sua voz, a notícia me pareceu excelente.

— Ótimo! Quer dizer que o Albertinho conseguiu a promoção que estava esperando?

Os braços largados, o olhar caído, minha amiga explicou:

— É com outro.

Quando soube o caso por miúdo, procurei animá-la. Não havia razão para tamanho horror. Ângela ia fazer um casamento esplêndido. Realmente, semanas antes, numa loja do centro, fora comprar um aviamento para a mãe. Um sócio da casa a atendera. Ângela conseguira um abatimento impressionante na compra. "Para uns vestidos que mandei fazer..." O sócio do armarinho pedira-lhe que voltasse...

— Para a senhorita faremos preços especiais!

No dia seguinte Ângela voltava. No terceiro dia fora, com o sócio, tomar chá na Vienense. No quarto, na Seleta. No quinto, fora ao Alhambra. Segunda-feira o homem irrompera em casa de dona Laura (Oh! o desespero e a humilhação de Ângela com o chão todo cheio de retalhos). Era amor à moda antiga. Seu Ribeiro — Antônio Ribeiro, seu criado — punha a jovem fortuna aos pés de Ângela Matoso. Que no dia seguinte rompia o noivado com Albertinho, sem explicação maior. Que naquele dia, à hora do almoço, comunicava à mãe o noivado novo.

— Com o tal Antônio Ribeiro?

— Ribeiro & Cia., mamãe — corrigiu Ângela com um sorriso.

*

Nunca dona Laura imaginara que a vida lhe reservaria genro tão bom. Franco, generoso, compreensivo.

Parece que Deus resolveu esquecer os meus pecados — dizia, quase sem acreditar. — Homem sem orgulho é seu Antônio.

E dona Laura não se cansava de cantar-lhe as virtudes.

Graças a Deus a Ângela acertou! Nunca pensei. O senhor não imagina como essa menina me preocupava. Foi Santo Antônio que me ouviu. Olhe, seu Caldas, até o nome parece destino, Antônio... Eu só estou costurando porque tenho o meu orgulho. Mas ele não quer. Diz que já estou na idade de descansar... Acha que o meu lugar é junto ao netinho que vai nascer...

De fato, meses depois, nascia o neto. Dona Laura e o genro queriam que se chamasse Antônio. Mas o nome foi Olavo, porque Ângela adorava o "Ouvir estrelas" e o "Inania verba", de Bilac.

Ah! quem há de exprimir, alma impotente e escrava,
O que a boca não diz, o que a mão não escreve?

Pai e avó aceitaram o nome e se sentiram compensados na adoração da criança linda, de carinha boa, que aprendera a rir numa semana e com menos de um mês já parecia reconhecer toda gente. Mas logo as angústias voltavam. Da modéstia de Rio Preto, da pobreza da rua Bela Cintra, nada mais restava. Ângela, agora, tinha palacete em Higienópolis, carro à porta, vestidos elegantes, joias caras. E um marido apaixonado que se multiplicava em carinhos e presentes. Mas em vão se multiplicava. Porque Ângela estava insatisfeita.

— Eu odeio comerciante — disse um dia à mãe horrorizada. — Ele só pensa em dinheiro!

Em pouco tempo Ângela percebera que o deslumbramento de Antônio Ribeiro, quando a via cantar, não era por gostar de música. Ele gostava apenas dela. Sim, porque de bom grado comprava os bilhetes para o Municipal, quando tocava Guiomar Novais, mas era dona

Laura quem acompanhava a filha. Ele estava cansado... E às exposições de pintura Ângela tinha que ir sozinha, "porque esse negócio de pintura era para quem tinha tempo a perder...".

Um dia, dona Laura percebeu que não devia acompanhar Ângela aos teatros.

— Ela parece de um outro mundo — explicava-me. — Eu nem acredito que seja a mesma menina que o senhor carregou tantas vezes, lá no interior.

E continuava a pedalar, melancólica, os retalhos pelo chão.

— Deus permita que tudo dê certo...

Ela já não acreditava. Seu coração, pequenino de medo, antevia a desgraça. E foi quase sem surpresa que ouviu um dia, da filha, a triste nova. Ia se desquitar, vida impossível com o marido. Não, não tinha queixa. Ele era ótimo. Até concordara. Até lhe entregara o filho, que tanto adorava. Mas havia uma funda incompatibilidade de gênios...

— E você?

— Vou morar no México...

— Você enlouqueceu, minha filha?

Ângela sorriu. Não era loucura. Simplesmente destino... Ia se casar no México, onde ficaria dois anos.

Minha amiga quis reagir. Precisou resignar-se. Ângela conhecera, num daqueles concertos do Municipal, um senhor de família importante, que se apaixonara. Desquitado também. Vivia sempre no estrangeiro. Ângela ia com ele.

— Artista? — perguntei.

— Negociante — disse dona Laura.

E seus lábios tremiam.

*

Os meses correram. Carta vinha sempre. Ângela adorava a mãe, contava-lhe tudo. Estava feliz, o México era lindo, ia sempre às touradas, fazia cerâmica, o Olavo já andava falando espanhol como gente grande. Dona Laura começava a aceitar a nova situação. Afinal, "ele" também se chamava Antônio, e, a julgar pelos relatórios semanais, era um escravo de Ângela e tratava o Olavinho como filho. O antigo genro procurava-a sempre, para ter notícias do garoto. Enternecia-se ouvindo os trechos de carta que falavam dele.

— Então ele quer ser toureiro quando crescer? Ora, que ideia de menino!

E sorria, as lágrimas descendo.

*

Nessa época, uma gripe prolongada de Carlito me afastou de São Paulo por vários meses. Deixei-o no sítio de uns parentes distantes para os lados de Taubaté. Ao voltar, fui ver minha amiga. Estava usando óculos, aros de níquel, a vida cada vez mais difícil, a vista cansada, palpitações no coração. Envelhecera muito. Como não falasse de Ângela, perguntei:

— Ângela ainda está no México?

Dona Laura baixou os olhos. O dedal caiu, procurou-o com os dedos trêmulos. E sem me encarar:

— Está em Paris...

Uma freguesa bateu à porta, dona Laura recebeu-a, afastei-me da sala, que a mulher vinha provar um vestido. Reclamava, rezingava, tinha pressa, o vestido não lhe caía no corpo. Afinal saiu.

— Pode vir, seu Caldas.

Estendeu-me a última carta recebida, em papel de um grande hotel, cujo nome eu já vira em romance ou jornal. Ângela contava que não podia mais aguentar aquele inferno de vida. Enumerava queixas. Felizmente encontrara um homem que a compreendia. E preferira ser sincera consigo mesma, com a vida. Abrira mão de tudo. Esperava que a mãe entendesse. "Devemos procurar, acima de tudo, a nossa felicidade." Don Ramón de la Barca era dono de enormes plantações de sisal no Yucatán. Um perfeito cavalheiro. Aliás, Paris era um sonho. "A senhora precisava estar aqui, mamãe! Garanto que ia adorar!"

Devolvi-lhe a carta, perguntei, para dizer alguma coisa:

— E o Ribeiro?

— Não se conforma. Pensou até em embarcar, em reclamar o filho, mas não teve coragem. Sabe que Ângela tem loucura pela criança e não quer que ela sofra. Vendeu a parte na loja, foi se encafuar na fazendinha de Descalvado...

Depois me olhou, séria:

— O senhor viu que cruz esta minha? E ela tão longe, seu Caldas, tão longe!

Colocou o dedal, baixou a cabeça de novo, começou a pespontar o vestido. A freguesa tinha pressa.

*

— Ângela vai voltar! Chega dia 20!

Nesta minha vida longa tenho visto a felicidade algumas vezes. Nunca tão grande, porém, como na voz e nos olhos de dona Laura aquela noite. Carta chegara de manhã contando tudo. Estava morta de saudades da mãe. Estava morta de saudades da rua Bela Cintra, onde jogara amarelinha e brincara o boca de forno! Estava morta de saudades de tudo. "Até de Rio Preto, mamãe!"

Dia 20 estávamos em Santos. Quase não a reconheci. Paris transformara completamente a doce criaturinha que tanto enlevava a minha boa Dalva, que Deus a tenha. Era uma grande dama! Do tempo antigo restavam a palidez, o vago tom de marfim antiquíssimo embaixo dos olhos e o jeito de sonho insatisfeito. Mas as joias, o vestido, o casaco de pele riquíssimo, o perfume que eu sentiria logo depois, o ar de extrema distinção eram de mulher de outra raça. Ficamos interditos, certos de que ela não poderia falar conosco, trêmulos e humildes, os olhos tímidos postos na escada do portaló, enquanto ela descia – Olavo já um homenzinho, dizendo adeus a companheiros de viagem – ela falando alto, em francês, para os amigos. Assim que nos avistou, porém, a menina do boca de forno fez esquecer tudo aquilo. Ângela caiu nos braços da mãe, chorando de emoção. Tenho visto coisas bonitas, nesta longa vida. Nunca vi nada mais bonito que todas aquelas joias e luxos mergulhados nos braços de dona Laura com seu casaco de lã preta, pelezinha barata na gola e nas mangas, comprado expressamente para a volta da filha.

*

Ângela não foi para a casa de dona Laura (morava agora na rua Maria Antônia) e nós achamos natural. Hospedou-se no Esplanada, enquanto procurava apartamento.

— Vai ficar em São Paulo! — dizia dona Laura deslumbrada.

E eram tantas as malas e as toaletes e as joias e a alegria da volta que dona Laura só dias depois se lembrou de perguntar por Don Ramón de la Barca.

— *Il me fâchait* — respondeu Ângela secamente.

Dona Laura me olhou, sem entender. Confesso que fui incrivelmente vulgar na tradução:

— Ele estava chateando, dona Laura.

*

Dentro em pouco minha amiga voltava à realidade e sofria. Não visitava mais a filha. Sentia-se constrangida entre tanta pompa de espelhos e lustres e quadros e tapeçarias. Teve uma vez a impressão de que os amigos a quem Ângela a apresentara — "minha mãe..." — haviam esboçado um sorriso de ironia, por entre os polidos "muito prazer" com que lhe estenderam a mão. Mas a presença da filha e do neto em sua casa eram frequentes. Ângela a custo se conformara com a resistência da mãe, que fazia questão de ficar no seu quarto da rua Maria Antônia, teimava em continuar costurando, recusava auxílio.

— Você até me ofende, mamãe.

— Mania de velha, meu bem... Trabalho é distração que Deus me deu...

E a verdade — nunca Ângela soube — é que os pacotes de maçãs e cerejas e guloseimas que lhe levava, o carro parado à porta da pensão modesta, dona Laura os distribuía, intocados, entre os pensionistas mais pobres.

— Mas a senhora não quer nem provar? — perguntou alguém.

— Fruta pra mim é banana e laranja... o resto é chiquê... Comam vocês, que gostam desses estrangeirismos... Eu sou uma cabocla do interior...

Voltei desde então a procurá-la mais assiduamente. Porque a sabia mais desamparada que nunca, e mais solitária. Assunto agora não faltava. Eu estava a par de tudo o que acontecia na vida de Ângela. As festas, os teatros, as viagens a Santos, as relações importantes. Contava-os à mãe. A mãe me repetia tudo, de olhos baixos, como quem confessava pecados, pedindo perdão. Só comigo se abria. Precisava se abrir. Aquelas coisas pesavam. E só havia um brilho calmo nos seus olhos quando me contava que Antônio viera a São Paulo ver o filho, que o filho o fora visitar em Descalvado, ou os triunfos escolares do garoto, sempre sustentado largamente com a mesada do pai.

— Ele ainda é meu genro, o senhor não acha?

Fora disso, alegrias bem poucas. E a vida de Ângela, para nós dois, passou a ser de uma dolorosa monotonia. Sempre automóvel novo, sempre novas viagens à Europa, já agora de avião, sempre cartões e telegramas de cidades famosas, sempre um novo nome de homem.

Numa das últimas viagens à Europa, cortando um dos longos silêncios que eram nossas palestras, dona Laura murmurou:

— A vida tem cada ironia...

Suspirou longamente, me olhando:

— Chama-se Antônio outra vez...

*

Dona Laura vinha diminuindo. Curvadinha, as mãos engelhadas, o passar dos anos a pesar-lhe nos ombros. Olavo estava terminando o pré-jurídico. E eu vinha notando de há muito: Ângela decaía fisicamente. A distinção de princesa, que nela reconhecíamos, era a mesma. Rugas, porém, marcavam-lhe o rosto. O pescoço também. Já a tintura dos cabelos, que se tornavam ralos, apesar de bem tratados, se denunciava de longe. Apresentava tiques nervosos. Perdera o ar de sonho. Agora a angústia brilhava em seus olhos. Queixou-se uma vez de que já não podia beber. O fígado não lhe permitia. Falava de insônias sem fim, que dominava a poder de entorpecentes. Depois da última viagem a Paris (Rio Preto estava tão longe, no passado calmo), certa manhã o filho a encontrou enregelada, quase dura na cama. Chamou o médico. Chamou a avó, que há muito não lhe pisava em casa. Quando voltou a si, depois de uma heroica luta do médico, Ângela murmurou, num sopro:

— Por que não me deixaram morrer?

Dona Laura se alarmou, instalou-se no apartamento da filha, para melhor cuidá-la. Visitei-as uma tarde. Espantou-me o aspecto de Ângela. Parecia ter cinquenta anos. Estava um frangalho.

— A senhora fica? — disse eu ao sair.

Dona Laura ficava. Aliás, já o apartamento luxuoso parecia uma casa assombrada. Os amigos não apareciam mais. E a neurastenia de Ângela cresceu quando o último Antônio, de uma das últimas viagens, desapareceu num desastre de aviação. Era a esse fato, pelo menos, que dona Laura atribuía os longos hiatos de melancolia em que a filha mergulhava.

*

Vi a notícia, já tarde, num jornal, e corri para o apartamento da avenida Ipiranga. Ângela se precipitara do sétimo andar, clichê em primeira página, o corpo moído na marquise, as pernas descobertas, para a rua. Já todas as providências tinham sido tomadas. Antônio Ribeiro, que se encontrava casualmente em São Paulo, cuidara de tudo, amparava o filho, consolava a sogra, a cada passo deixava explodir, em pranto convulso, o longo amor que soubera controlar a vida inteira. O apartamento estava quase vazio. Nenhum dos famosos amigos de Ângela. Ninguém de suas grandes relações. De fora, apenas vizinhas e freguesas de dona Laura, a costureira, que se movia como sonâmbula, quase sem lágrimas, acariciando a cabeça do genro, passando o braço em volta do neto, procurando acalmá-lo.

Quase à hora de sair o enterro, uma coroa inesperada chegou. Dona Laura fê-la entrar, colocou-a ao lado do caixão, leu em silêncio os dizeres da fita pendente. Aproximei-me também, procurei ler: "Último adeus de Valdomiro". Li e voltei-me para dona Laura. Quem seria Valdomiro? Minha amiga pareceu penetrar meu pensamento e agitou lentamente a cabeça.

Ela também não sabia. Mas em seus olhos pisados boiava uma doce luz de gratidão.

ENCONTRO EM COPENHAGUE

Quem já foi parar em terra estrangeira de língua completamente desconhecida compreende e perdoa os turistas americanos que, pelas nossas ruas, nos abordam, na sua língua, a pedir informações, com a simplicidade de quem se encontra em Chicago, São Francisco ou Miami.

Conheci uma brasileira, em Nova York, há muitos anos, a quem jamais ocorreu a ideia de aprender o inglês. E apesar disso viveu por lá, andou, comeu, comprou. Entrava num açougue e pedia o seu filé ou o seu fígado, sempre em português, e prestava até um serviço à divulgação de nossa língua, pois ao fim de alguns meses os açougueiros e vendedores do bairro já conheciam várias palavras em português: carne, pão, rim, batata, bom-dia.

A solução é adotar esse processo, ou usar uma dessas línguas universais, como o francês ou o inglês, principalmente o inglês, o que explica o desinteresse dos donos desta em aprender as demais. O inglês resolve quase tudo. Nos países escandinavos, e particularmente na Dinamarca, é difícil encontrar alguém com quem o inglês não funcione. Nos restaurantes, nas lojas, nos teatros, ao acaso das ruas, a língua de Shakespeare ou de Bob Hope, bem ou mal falada, ajuda muito.

Mas às vezes falha. Comigo falhou algumas vezes. Uma delas, valeu a pena. Foi em Copenhague, no ano de 1949. Eu estava perdido não sei em que bairro, numa rua pitoresca e deliciosa. Tinha hora marcada no escritório da Scandinavian Airlines para saber se conseguiria lugar, dois dias depois, num dos sempre lotados aviões para Londres. Mas como orientar-me? Que rumo seguir? Estava longe ou perto? Não sabia. Vejo dois homens na minha direção. Atirei a pergunta. A resposta me espantou:

— *No hablamos dinamarqués, señor.*

Eu não examinara antes os dois homens. Do contrário, teria falado mesmo em português, como aquela minha amiga de Nova York, ou, quando muito, em semiespanhol, como tantos amigos meus pelo mundo. Porque os tipos nada tinham de nórdico.

Mas a surpresa de encontrar gente latina foi uma festa. Vieram as exclamações e perguntas. Fraternizamos rapidamente. E eu fiquei sabendo que se tratava de dois antigos combatentes antifranquistas, desde a vitória do general errantes pelo mundo, agora engajados num barco norueguês em serviços humildes.

— Vocês já falam norueguês?

— Somente espanhol.

— E como se arrumam?

— Conhecemos o trabalho.

O encontro com aqueles dois exilados tinha muito de inesperado e comovente. E já falávamos havia alguns minutos, quando subitamente vejo ao nosso lado um cavalheiro modestamente vestido, os ombros largos, o rosto largo, o olhar inquisidor.

— Companheiro nosso — diz um deles.

— Prazer...

— Vamos tomar uma cerveja?

O convite era do recém-chegado. Esqueci meu compromisso na SAS, movido pelo velho instinto de repórter: ouvir algo sobre três vidas aos acasos do mundo.

Havia uma pequena cervejaria pouco abaixo. Casa provavelmente preferida por embarcadiços, porque para vários dos frequentadores os meus companheiros tiveram gestos ou olás de camaradagem. Vieram garrafas de cerveja, a conversa continuou. E eu perguntava, naturalmente. Queria saber coisas. Manuel Freire, homem para além dos cinquenta, galego, moreno, barba de dois dias, simpático, a princípio muito falante, contava coisas. Longe da família desde 1939. Raras notícias, em espaço de meses ou anos. Cinco filhos.

— Veja que desgraça: um já está no exército, a serviço do caudilho.

Falava galego, quase português, portanto. E na sua fala doce um travo de amargura vibrava, ao lembrar o destino do filho mais velho.

O outro, moreno também, barba feita e incríveis costeletas pelo rosto abaixo, falava duro, difícil, os lábios cerrados. Ódio? Não. Dez dias antes, num porto polonês, fora ao dentista arrancar um molar. Molar tão rijo, que o dentista, ao arrancá-lo, lhe fraturara o maxilar. Daí a fala presa, completada por Manuel Freire com detalhes novos. Antigo chofer. Três anos de luta. Fizera a artilharia antiaérea. Desde 1936 não tinha notícias da família. Estava desembarcado por ordem médica, fora difícil o desembarque pela oposição da polícia — aguardava num pequeno hotel das imediações o restabelecimento do queixo partido. E mostrou-me, despreocupado, seus papéis de embarcadiço, onde lhe vi o nome.

Eu continuava a perguntar. Dissera da minha condição de jornalista. Que profissão, que combates, que saudades, que notícias, que aventuras tinham vivido pelo mundo. Foi quando interveio o terceiro personagem, até então silencioso:

— Se vai escrever alguma coisa nos jornais a nosso respeito... *diga que estamos por lo grande.*

Olhei-o sem compreender.

— O jornal pode ir à Espanha. *Diga que estamos por lo grande.*

Interpretei à minha maneira a indicação e continuei perguntando. Então o homem atarracado tomou a iniciativa das informações. Confirmou o nome do galego Manuel. Que fora pescador na mocidade e depois entrara na Marinha de Guerra. Engajara-se no *Príncipe Alfonso*, transformado em *Libertad* pela maruja revoltada no início da guerra franquista.

Vocês pertencem a algum partido?

— Não. Somos apenas pela liberdade de Espanha...

E continuou falando, às vezes ajudado pelo antigo pescador da Galícia. Havia mais de dez anos que Manuel não via a família. Fora cabo-foguista. Vira o comandante do *Príncipe Alfonso*, irmão do caudilho, ser atirado ao mar pela *marinería*, quando um rádio de Madri convocou os marinheiros da república, pedindo-lhes que prendessem os oficiais fascistas. Lutou até 1939, refugiou-se depois na França, lutou contra Hitler.

Depois, falou de si. Alfredo Dias.

— É meu nome — acrescentou sério.

E continuou contando. Soldado voluntário. Apenas dezoito anos quando se alistou. Asturiano. Três vezes ferido. Batalha de Brunet, de Cuesta las Perdices, de la Rotonda. Mortes, mortes, mortes a seu lado. Badajoz. Combates sucessivos na Brigada de Galán. Fez parte do famoso *coche fantasma*, sendo, portanto, um dos *hijos de la muerte*, como eram conhecidos os tripulantes do carro blindado que eliminou centenas de fascistas. Por fim, fuga para Biserta, peregrinações pelo mundo, fome aqui, prisão ali.

— Tem família?

— Tinha. Agora não sei. Nunca mais tive notícias.

Houve uma rápida pausa no bar de bebedores tranquilos. O garçom renovava as garrafas da nossa mesa. Alfredo Dias continuou. Falava agora do companheiro de queixo quebrado por um dentista da Polônia. Deu-lhe o nome. Estranhei. Não era o que eu havia visto nos papéis mostrados. Lembrei-me então de me identificar. Apresentei-lhe o passaporte. Vinha a tempo. Tantas perguntas, de um desconhecido, a gente há tantos anos perseguida e sem pouso, faziam desconfiar. Só então Alfredo Dias se humanizou, tomando o mesmo jeito de Manuel Freire no começo.

— O senhor compreende... Todas as polícias do mundo estão contra nós... Nunca temos trabalho fixo. É natural a desconfiança. Por isso mudei o nome dele. Mas o meu, não. O meu é esse mesmo. Pode pôr no jornal. E pode dizer que não tenho medo de Franco... Que o mato, se o encontro...

Ficou silencioso, novamente, ódio e orgulho espanhóis brilhando nos olhos escuros. Está pobremente vestido. Pobremente vestidos estão seus companheiros. Devem ter passado por todas as misérias da terra.

Encara-me, sério.

— Mas se vai escrever — insistiu — *diga que estamos por lo grande*. O jornal pode ir à Espanha...

— Para não aumentar a aflição dos parentes?

Ele fixou em mim um olhar de orgulho olímpico. E grave e duro:

— *Para que Franco no sepa que pasamos miseria...*

A EXPERIÊNCIA

Há séculos que tenho você como um entrave na minha carreira – disse o vulto melancólico, se movendo no espaço. – Há séculos, meu caro! Eu seria arcanjo há muito tempo, se não fosse você.

Beautemps se encolheu, transido de vergonha e de medo. Perdera o ar marcial com que transpusera, poucas horas antes, os portões da eternidade. O pomposo uniforme de general, que nos primeiros momentos o revestia, caíra, como por encanto. E ele se via agora nu, bruscamente nu, um tufo de cabelos grisalhos no peito, pouco abaixo do braço direito a cicatriz inapagável de um antigo ferimento de sabre.

— Peço-lhe perdão pela minha nudez involuntária – disse Beautemps. – Não sei explicar como me encontro nesta situação. Juro que não foi culpa minha. Ainda há pouco estava em uniforme de gala...

O anjo sorria, com filosófica tristeza.

— Aqui não valem uniformes nem pompas. Diante do Espírito Supremo, diante da Verdade Eterna, é mesmo nu que o homem comparece.

— Se é assim... anuiu Beautemps.

— E é na sua nudez total que o quero ver. É nessa nudez que você mesmo deve contemplar-se, para meditar nos seus pecados, nos seus crimes, nos erros das muitas vidas que viveu...

— Não compreendo...

O anjo então contou e pouco a pouco a luz se fez no espírito de Beautemps. E o recente general francês assistiu, como na passagem galopante de um filme, aos dois mil anos últimos de sua existência no espaço e na terra. Viu-se, muito longe, capitão de uma galera romana, fazendo espancar dia e noite os prisioneiros, seviciando os remadores, saqueando pequenas vilas do litoral, desrespeitando donzelas.

— Nem, para variar, um simples gesto de humanidade, nessa vida inteira — disse o anjo.

Logo a seguir estava incendiando uma cidade, na pele de um general suevo. Viu-se depois amontoando sacos de ouro, do ouro que a sua venalidade de juiz, em Alexandria, arrancava de pequenos e grandes. Um pouco mais tarde, novamente em Roma, era cardeal. As amantes desfilavam, lúbricas, se contorcendo em espasmos, bêbedas, verdadeiras bacantes. — "Simonista! Simonista!" — gritava-lhe um frade inconformado, diante de uma negociata feita com objetos sagrados. Gargalhadas brutais chicoteavam-lhe o corpo nu.

— Serei eu? — perguntou horrorizado.

Sim, era ele, apesar da estranha, inesperada aparência.

— Nunca houve prostituta mais desbragada nas ruas escuras de Marselha — disse o anjo.

— Mas eu sou homem — disse com aprumo viril o ainda há pouco general.

— Homem, não, monstro! — replicou o anjo. — Monstro de cinismo, de depravação, de crueldade. Veja o que você fez em Diu, na Índia.

E o sargento-mor Oliveira desfilou aos seus olhos decepando cabeças.

— *C'est la guerre!* — quis explicar Beautemps.

— A guerra? A luta terminara há muito tempo. Quem não lhe pagava tributo era logo aprisionado, espancado e morto sem piedade...

E esse baronete feudal que precedeu de séculos o sargento-mor? Veja como roubava, como explorava os servos da gleba...

— Era a moral do tempo!

— Era a imoralidade do tempo! Mas terrivelmente exagerada por você. E as suas incursões pelos burgos humildes, a sua brutalidade...

— Não tenho a menor ideia dos crimes de que me acusa. Nem nunca soube que tivesse sido baronete – disse com certa vaidade Beautemps.

— Quer "assistir"? – perguntou, em tom quase ameaçador, o anjo da guarda.

— Não, não, pelo amor de Deus!

— Não deve mesmo. Você ficaria horrorizado, como eu fiquei naquele tempo e como tenho sempre me sentido, nestes últimos séculos... Mas essas coisas se pagam, meu caro. Há um *deve* e *haver* inexorável no fichário das almas. Tudo é registrado. E você tem um *deve* terrível. Foi flibusteiro, foi comandante de navio negreiro, foi...

Baixou os olhos envergonhados, antes de continuar...

— ... foi explorador de mulheres...

— Eu, meu anjo?

— E que torpezas praticou, meu amigo. Que torpezas!

Beautemps a princípio comportara-se como ouvinte, como espectador. Participava agora como personagem. E os pecados antigos e recentes pesavam-lhe sobre a consciência. Via a sua fábrica de tecidos em Mansfield, os operários trabalhando dezoito horas por dia, caindo de fome, desmaiando junto aos teares, crianças pálidas gemendo e trabalhando, ele insatisfeito e indiferente ao seu destino. Viu-se – oh! a ironia dos nomes! –, Pio Severo Leal, apunhalando pelas costas um amigo no interior de Sergipe.

— Sou um monstro, sou um pecador indigno, sou um miserável! — exclamou. — Mereço todos os castigos!

— Merece — disse o anjo muito sério. — Merece. E digo isso não pensando nos prejuízos que você tem trazido à minha carreira — eu seria arcanjo, há muito tempo, se não fosse você — insistiu — mas pensando em você mesmo. Afinal, talvez você seja a minha cruz. Eu devo ter sido muito imperfeito no começo da eternidade, e o Eterno me designou como seu anjo da guarda para me castigar de erros antigos, do orgulho talvez. Nunca fui esclarecido nesse ponto, mas há pelo menos oitocentos anos que cheguei a essa conclusão. Tenho a impressão de que, enquanto você não mudar inteiramente, não se libertar dessa vocação para o mal — como você me envergonhou no tempo em que pintou aqueles murais obscenos de Herculanum! —, tenho a impressão de que, enquanto não conseguir quebrar a sua dura cerviz, não estarei inteiramente redimido diante de Deus. Mas não é por mim que falo, meu filho, não é por mim. É por você mesmo. Olhe, desde que me foi confiado, você já teve 25 encarnações (como general francês, chegou a ser um prodígio...).

— De bravura!

— ... E de cinismo também, seu politiqueiro sem caráter!

E olhou-o, entre nojo e revolta, esperando um protesto que não veio.

Nessas 25 encarnações você não fez outra coisa senão acumular pecados, aumentar a dívida para com o Eterno. Não há nada em seu ativo. Certa vez, cheguei a ter uma pequena esperança. Foi passageira. Você chamou um dos seus vaqueiros mais dedicados. Deu-lhe casa coberta de telha, perto da sua. Ele morava longe numa casa de palha.

Aumentou-lhe o jornal. Alimentou-lhe a família. Eu já sonhava com o arcanjado. Mas até a mim você me enganou, meu caro, até a mim. As filhas dele – a maior, de quinze anos – se estivessem aqui levantariam um clamor que encheria a eternidade!

— Fraquezas da carne – disse humildemente Beautemps.

O anjo calou-se de novo. Agitou a cabeça.

— Nem em trinta reencarnações de atrozes sofrimentos você pagará seus pecados!

Beautemps baixou a cabeça.

— É bem verdade...

Então o anjo, sentindo a sinceridade do seu remorso, fez um apelo dramático:

— Olhe, Beautemps, colabore comigo! Colabore com você mesmo! Procure salvar-se! Já meditou alguma vez nas doçuras da presença de Deus? Já imaginou que, algum dia, poderá gozar da presença do Altíssimo, deslumbrado pela glória do Senhor, ouvindo o coro dos serafins, delibando os encantos da visão de entidades superiores, de Miguel, de Gabriel, de Santo Antão, de Pacômio, de São Francisco de Assis? Você não é sensível ao odor de santidade que, apesar da grosseria de seus instintos, e do subespaço etéreo em que nos achamos, ainda assim desce até nós?

Beautemps olfateou o espaço:

— Não sinto...

— Infeliz homem, infeliz pecador! Você não pode imaginar o que está perdendo!

E uma expressão de bem-aventurança inenarrável pareceu roubar o anjo à proximidade de Beautemps. Esse não saberia dizer quanto tempo durara a fuga. Minutos, anos, séculos. Ficara ali plantado, imóvel, como coisa largada, dentro da sua imensa humilhação.

— Como é glorioso, como é soberbo o resplendor do Altíssimo! — disse o anjo, voltando a si, ainda transfigurado de deslumbramento.

E para o humilhado pecador:

— Colabore, meu filho. Você ainda tem de voltar à terra muitas vezes. Seus pecados são muitos. Mas poderá diminuir a sua carga. Regenere-se, meu filho. Dedique-se ao bem. Supere as tentações da carne insatisfeita. Seja caridade. É tão fácil ser bom! E aceite com resignação, com humildade, os sofrimentos. Como você blasfemava em Mansfield à mais simples dor de dentes! Como vomitou impropérios contra a Virgem — e era cardeal! — quando lhe roubaram aquele crucifixo de ouro por você roubado... Sim, meu filho, porque fora roubo... Aceite as contrariedades como um favor do céu, meu filho, como provação. A provação é uma graça de Deus! Todos os santos foram provados. Nosso Senhor foi pregado na cruz! E a cada novo sofrimento — a fome, a enfermidade, a traição dos amigos, a abjeção social, a vitória de seus inimigos — erga os olhos para o céu: "Obrigado, meu Deus, porque distinguiste o teu servo com uma nova provação!" E de renúncia em renúncia, de entrega em entrega, você irá sendo libertado das cargas antigas, irá caminhando em direção ao gozo espiritual da companhia dos santos!

E com doçura:

— Promete, meu filho?

— Prometo! Prometo diante de Deus — disse Beautemps com decisão e sinceridade que arrancaram lágrimas ao anjo.

Novo silêncio se prolongou por tempo inabarcável pela sensibilidade de Beautemps. O anjo pensava. E por fim:

— Escute, meu filho. Quer voltar já? Quer começar já a escalada do céu? Está pronto a enfrentar qualquer provação por mais dura que seja? Aceita qualquer sacrifício pela salvação de sua alma, pela conquista da glória eterna?

— Aceito – disse com firmeza o incansável pecador.

— Meu filho: eu vou ser inexorável.

— Pode ser, meu anjo!

O anjo hesitou:

— Você já ouviu falar em morfeia?

Beautemps não respondeu. Baixou os olhos e era como se a moléstia terrível o tivesse tomado. As mãos haviam crescido, grossas, pesadas. As orelhas desciam, deformadas e trágicas. Falou, afinal:

— Aceito, meu Senhor. Aceito.

— Deus há de lhe dar forças – disse o anjo, comovido.

E após nova ausência:

— Sim, o espanto das multidões, o horror das turbas... Os homens fugindo... As pedras lançadas pelo poviléu espavorido... Ler o nojo em todos os olhares... Estender a mão sem dedos à esmola atirada de longe... mas a humildade na alma, a resignação diante de Deus, a busca de um consolo no céu... E o aperfeiçoamento moral pouco a pouco... de glória em glória e de santidade em santidade, refletindo, como num espelho, a imagem do Senhor...

— Assim Deus me ajude – suspirou Beautemps.

Mas fora apenas um teste. O anjo continuava:

— Aliás, não seria necessário a morfeia. Há muitas formas de provação. Há algumas talvez mais terríveis. No fundo, a provação moral é às vezes mais difícil ainda de enfrentar, a vida humilde dos vencidos...

Principalmente para você, que teve quase sempre, por um estranho destino, posições de mando, situações de exceção. Foi general, foi nobre, foi chefe, foi comandante, gozou a vida em posição dominadora sobre os homens. Esse ciclo deve estar encerrado. Você agora vai ser oprimido, vai ser pária, vai ser pisado. Mendigo em Berlim... varredor de ruas em Xangai... condutor de bonde no Rio...

Beautemps achou graça.

— Não ria, meu filho. Estou falando sério. Você não sabe, por exemplo, o que é ser condutor, cobrador de bonde naquela terra... É das provações mais duras que conhecemos. O ordenado mesquinho, a fome em casa, os filhos nos ossos, o calor espantoso, a roupa grossa, o bonde atulhado, o equilíbrio instável na plataforma tomada... Em dias de futebol ou de chuva, então, a coisa é indescritível. Olhe, Nero já passou por lá. Com dez anos apenas de condutor, numa linha do Méier, pagou todo o incêndio de Roma... Mas há muito mais... Negro nos Estados Unidos... Judeu em qualquer parte da terra... Besta humana em Whitechapel... Filho dos *slums* de Londres ou de Nova York, dos mocambos de Recife, dos lamaçais à volta de Guaiaquil... Pescador em Marajó... *Coolie* na China... Ou mineiro... De carvão... De ferro... Todo um batalhão de Átila paga parte dos males que fez nas minas de Morro Velho... No *pogrom* de 1905 terminou a provação de muitos dos matadores de huguenotes na noite de São Bartolomeu... Sim, há muitas formas de pagar...

E ficou monologando:

— Para começar, qualquer uma... Mendigo... Leproso. Pescador de sururu... Seringueiro... Homem do povo, de um modo geral...

Beautemps acompanhava o monólogo e, a cada nova sugestão, sentia-se dentro da personalidade imaginada pelo anjo e como que já provava as agruras da situação de castigo. Ora via as mãos enormes, ora se via enterrado na lama, ora via homens de quepe vermelho desancando-lhe as costas.

— Seja tudo pelo amor de Deus — concordava contrito.

Mas não muito depois, naturalmente esquecido da conversa interplanetária com o anjo, o espírito que fora de Beautemps, de Pio Severo Leal, da prostituta de Marselha, do rude baronete medieval, de tantos pecadores, regressava à terra em berço de ouro. As rodas elegantes assistiam com simpatia o nascimento do robusto pimpolho, segundo um vespertino da cidade. Herdaria milhões. Fábricas pelo país inteiro. Fazendas. Concessões de petróleo. Minas de carvão. Uma cadeia de cinemas. E muitos outros negócios que as habilidades paternas iam recolhendo e multiplicando. Era uma criança de invejável beleza. A inteligência precoce brilhava nos olhinhos azuis, nas reações mais elementares. E por entre ternuras interessadas e até mesmo espontâneas, porque a criança era realmente privilegiada, vinham os primeiros passos, as primeiras palavras, as primeiras artes. E o anjo, pairando à volta da cama e velando pelo seu tutelado, sorria. Fora boa ideia... Uma experiência a fazer. Realmente... o sofrimento, a pobreza, a humilhação podem ser formas de castigo, mas nem sempre são condições favoráveis ao aperfeiçoamento moral. Há pouco mérito na humildade do mendigo... A resignação do enfermo é fruto, às vezes, da fraqueza trazida pela própria moléstia. A bondade do pequenino é muita vez impotência para o mal. Se ao contrário de pária ele se reencarnasse com todas as tentações ao seu alcance, os caminhos abertos, a vida a oferecer-lhe leite e mel, incenso e mirra, muito mais possibilidades teria ele de, superando os convites do mal, vencendo os fáceis apelos do pecado, realizar uma existência inteira dedicada à virtude...

Vendo o pupilo crescer, o anjo sorria.

Não sorriu muito tempo.

*

— Se eu não fosse anjo, estaria agora de cabelos brancos...

E fechava os olhos para não ver. No apartamento de um luxo oriental, bacantes nuas rolando pelos tapetes, os companheiros de depravação blasfemando bêbedos no delírio da carne, o jovem herdeiro da fabulosa fortuna desperdiçava a mocidade. Provara todos os vícios, tinha a justiça da terra a seu serviço, encarregada de esquecer-lhe os processos, as acusações, o clamor que os seus atos provocavam. Seu dinheiro silenciava sem trabalho os melhores jornais. E as orgias se multiplicavam, sustentadas por cem mil anônimos em fazendas e fábricas.

— Onde é que eu tinha a cabeça? — perguntava o anjo a si mesmo, horrorizado.

Como se apresentaria diante do arcanjo a quem devia obediência imediata, para justificar o seu erro? Então a um criminoso de tal ordem se afiavam as garras, se entregavam armas, se abriam caminhos? Ingenuidade sem perdão, não tinha dúvidas. Beautemps fora sincero. Estava realmente arrependido, sofria com seus pecados anteriores. Desejava, honestamente desejava, uma vida de elevação e pureza, de contrição e penitência. Queria pagar. Estava disposto a pagar. Mas ele, anjo com tão longa experiência no acompanhar os homens pelas estradas do erro, devia saber que de boas intenções, como se dizia na terra, estava o inferno forrado. Devia saber que havia uma inconsertável, misteriosa fatalidade na condição da carne. Como esquecera a lição de tantos séculos? Como facilitara? E como fora abrir, ao seu infeliz *protégé,* novos caminhos para a maldição, novas oportunidades de incorrer na cólera do Senhor dos Exércitos? Em verdade, mais culpado pelas novas culpas daquela ovelha desgarrada era ele, seu anjo da guarda, que lhe possibilitara as tentações, como se fosse o próprio Príncipe das Trevas. E temeroso até de incorrer no castigo divino, o anjo se desesperava e chorava e clamava junto ao desgraçado. Interpunha-se em vão entre as bocas no beijo. Procurava mudar a direção ao carro quando o ex-general, alto de vinhos caríssimos, tentava lançar o automóvel contra os pedestres desamparados, certo da impunidade que o seu dinheiro trazia. E gritava-lhe em vão que não roubasse a mulher do amigo, que matasse a fome de seus operários, que se contentasse com enriquecer honestamente, que não abastardasse ainda mais, com seu ouro, a justiça da terra, que não fosse uma força a mais a corromper os políticos.

— Não faça, meu filho! Não faça isso!

Era inútil. O homem não ouvia. Não tinha ouvidos para a voz que clamava no espaço. E dia a dia se enterrava ainda mais, dia a dia acumulava pecados, inconsciente do seu passado, inconsciente do seu destino, inconsciente do futuro, das novas, trágicas dívidas contraídas para os séculos por vir.

— Ah! Meu filho! O pecado foi meu!

*

Importava salvá-lo. Havia que fazer alguma coisa. Precisava de um instrumento de comunicação. Tinha de abrir os olhos ao pecador que chafurdava no lodo. O anjo pensou então em utilizar um médium. E foi tecendo as circunstâncias de tal modo que uma noite viu com júbilo a entrada do amigo numa casa onde fiéis do espiritismo palestravam. Seabra Fontes (era o antigo Beautemps), se divertia com os casos contados. Nunca estivera em contato com qualquer espécie religiosa. Nem lhe ocorrera nunca pensar na morte, no futuro ou em qualquer problema que não fosse ganhar mais dinheiro, novas mulheres ou prazeres novos. Tinha hora marcada, para dentro em pouco, com uma das melhores mulheres de sua vida – cada nova mulher era sempre a melhor. E quando alguém sugeriu que se fizesse uma sessão, como ainda tivesse uma hora pela frente, sorriu:

— Boa ideia! Façam! Eu tinha vontade de assistir... Deve ser divertido!

*

Parece mentira que homens inteligentes tomem a sério um ridículo desses, pensava Seabra Fontes, assombrado com a ingenuidade dos amigos.

O médium caíra em transe, os olhos fechados, os movimentos endurecidos, a voz estranha. E os lugares-comuns mais banais eram ouvidos com profundo interesse. Um cavalheiro qualquer dava notícias da tia desencarnada, pouco antes, de um senhor careca. O próprio conselheiro Acácio sentiria pejo em repetir tão estúpidos axiomas e vulgaridades. Consultar o além, se houvesse além, para encontrá-lo tão cretino, era, positivamente, falta de serviço, estupidez...

Outro cavalheiro baixou. Tinha um nome de índio. Falava uma língua de palavras truncadas, investia contra os presentes, insistia, igualmente, em lamentáveis tolices.

Quanta imbecilidade! – pensava Seabra Fontes contemplando o jeito humilde e sedento de todos.

Nova mutação. Gargalhadas. Alguém descera, os olhos do médium rolavam nas órbitas, desgovernados, um vago jeito de hostilidade e de ironia. A gargalhada chicoteava os crentes. O presidente da sessão, num tom untuoso de sacristia, pedia ao "irmão" que se explicasse, que se identificasse, que dissesse quem era.

— Meu irmão, nós estamos aqui humildemente para fazer a vontade de Deus, para ouvir os nossos irmãos desencarnados... Diga quem é... Talvez lhe possamos ser úteis... Ou se pretende prejudicar os nossos trabalhos, lembre-se de que estamos aqui para fins sérios... muito sérios...

O médium, fora de si, muito pálido, continuava a gargalhar, os olhos passeando pela sala. De repente, sacudido com brutalidade, deixou pender a cabeça, a respiração ofegante. Alguns segundos passaram. Depois, foi novamente sacudido. Entediado, Seabra Fontes olhou o relógio. Estava na hora. Sairia sem se despedir. Explicaria depois. Mas quando deu por si, viu que os olhos do médium o fixavam com um brilho inesperado e sombrio.

— Já vai sair?

— Eeeeu? Sim. Tinha um compromisso...

— Deixe esse compromisso — disse a estranha personalidade que tomara o médium. — Seu compromisso é comigo...

Seabra Fontes sorriu.

— Bem... É que eu tinha hora marcada.

— Comigo.

— Talvez — sorriu Seabra Fontes. — Mas...

— Será melhor que fique... — insistiu a voz desconhecida. — O que você pretendia fazer esta noite era uma nova indecência.

Seabra Fontes teve um movimento de indignação.

— Não. Não se zangue. Ela é loura, não é?

Fontes não respondeu.

— Cabelo pintado... — afirmou a voz.

Fontes ia protestar, mas estremeceu. Nunca pensara naquele aspecto. Sempre a tivera como loura autêntica. Mas outros detalhes que lhe ocorreram no momento o convenceram da inesperada verdade.

— O marido é muito forte... mas não tenha medo... Ele não briga, não.

Seabra sorriu.

— Não briga — continuou a voz — porque não acredita. Não acreditaria nunca... Não é quase irmão seu?

O novo detalhe o encheu de assombro. Seabra Fontes, que tinha o caso em segredo — e nenhum dos presentes o conhecia nem sequer conhecia os personagens a que se referia a voz — teve um gesto de interesse maior.

— Não é verdade?

O rapaz não respondeu.

— Aquela cicatriz em cima do seio foi de um desastre de automóvel...

Telepatia, pensou Seabra.

Somente na véspera descobria aquela minúcia, que a princípio o chocara. Naturalmente estava "transmitindo". Seu pensamento estava sendo lido...

E estava.

— Pensa que é você que está contando? Não é não. Pergunte amanhã a ela se não recebeu hoje uma carta de longe. Tem gente viajando...

A mamãe dela... Pergunte...

E quase brincalhão:

— Uma loura... uma morena... uma loura... uma morena... Já cansou daquela moça da pinta no rosto? Aquela que fala muito, que não para de falar?

Seabra Fontes sentiu que todos os olhares o fixavam.

— Você gosta de mulher dos outros...

Seabra Fontes achou bom pilheriar.

— Quem não gosta?

O médium silenciou. Apenas seus olhos falavam duramente postos no moço.

— O dinheiro tem muita força – disse a voz, afinal. – Não é de você que elas gostam.

Seabra Fontes sentiu-se espicaçado. Sabia que tinha tudo para agradar às mulheres, que não precisaria ser rico para ser amado. Mas seu pensamento era lido outra vez. E só ele o sabia.

— Não precisaria... Mas é tudo dinheiro. O dinheiro não deixa elas verem você. Mesmo porque, se vissem, fugiriam correndo. Você é um crápula.

O rapaz se ergueu, indignado.

— Eu não admito!

— Sente, menino. Aquela moça que era secretária sua... Aquilo não é de crápula? Enganou, mentiu, fez mal, deixou a coitada morrer num hospital de subúrbio... Sente, moço.

Sentou-se, quase inconscientemente.

— E quem fez aquele negócio de ontem não é crápula também?

— Que negócio? – perguntou com raiva.

— Quer que eu conte? Posso contar a história do monopólio de cimento?

Seabra Fontes sentiu um frio na espinha. Era a maior negociata de sua vida, mas operada em caráter estritamente confidencial.

— Quer que eu fale? Quanto você pagou a cada deputado que deu parecer favorável? Falo?

O moço preferiu fingir-se à vontade.

— Não. Não é preciso. Todos sabem que eu sou um miserável.

— Estes, não, meu caro. Julgam que é um bom moço. Até a filha do dono da casa está apaixonada por você. Coitada! Que Deus a livre... E não é por dinheiro. Julga você um herói... Mas esta eu não deixo cair nas suas garras....

— Pilhéria de muito mau gosto — disse o rapaz, procurando tomar pé.

E voltando-se para o dono da casa:

— O senhor me desculpe. Isso é pura invenção... Eu nem...

— Não se desculpe — disse a voz. — E no caso você está inocente. Eu só disse para provar que aqui ninguém o conhece. Do contrário não o receberiam.

Pareceu aquela, a Seabra Fontes, uma boa oportunidade para se afastar.

Bem, eu me retiro...

— Não se retira, não. Fique sentado. E escute. Quem o chamou aqui fui eu.

— Ora! Se eu nem o conheço!

— Mas eu o conheço... Conheço há muito tempo. E não há vinte, nem há trinta anos... Conheço há muitos séculos!

*

O abatimento de Seabra Fontes era profundo. À sua volta, um clima de assombro e de maravilha animava os presentes. Estavam diante da mais extraordinária revelação de que já haviam participado em toda a vida! Vibravam de entusiasmo. Era uma nova e gloriosa demonstração da sua verdade religiosa. E o abatimento, a humildade, a contrição daquele jovem milionário, de vida conhecidamente boêmia e perdulária, chamado ao conhecimento da verdade, e naturalmente convertido, os enchia de festa. E por mais que o anjo da guarda o apontasse como ser repelente, caráter vil, coração desumano, pecador multissecular de nefandos pecados, louco moral, era com simpatia, com ternura humaníssima que o olhavam. Não eram juízes, mas irmãos, ele uma ovelha desgarrada que se aproximava do aprisco, chamada ao bom caminho, numa oportunidade dramática, pelo seu próprio anjo da guarda. Era um verdadeiro milagre! A princípio, o trabalho de convencer. A revelação de fatos da vida íntima de Seabra Fontes, só dele conhecidos, a fim de mostrar-lhe que estava, realmente, diante do sobrenatural. Depois, a identificação da entidade que baixara. E que espírito de luz! A seguir, a razão da sua presença. Seabra Fontes ignorava, naturalmente, suas encarnações anteriores. Não sabia das pesadas cargas que já trazia consigo. Desconhecia o seu negro passado. Mas o anjo o fizera recordar – e tudo se iluminara bruscamente diante do seu espírito – o encontro emocionante havido entre ambos, pouco antes da presente encarnação, o acordo feito, o compromisso de voltar à terra para uma vida de provação e de resgate. No entanto, ele o decepcionara. E acumulara novos pecados, novos crimes cometia, negras páginas acrescentava a uma triste história multissecular! Trinta anos de vida, trinta milhões de novos pecados a pagar! Mas sentindo-se em parte culpado, desejoso de o chamar ao bom caminho, o anjo o advertia. E Seabra Fontes era agora contrição, arrependimento, bom desejo outra vez.

— Mas que devo fazer? Que caminho tomar?

— Você ainda tem muitos anos pela frente... Trinta... mais de trinta. Há tempo ainda. Transforme-se. Regenere-se. Com uma vida simples, desprendida, de caridade, de virtude, de abnegação, você já poderá recuperar muito do caminho perdido, já poderá resgatar muitos dos crimes desta mesma existência...

Seabra Fontes, transfigurado, quase irreconhecível, acompanhava as palavras de seu protetor. Pensava, com horror, nos longos crimes que aos seus olhos voltavam. E os pecados de tantas encarnações curavam-lhe os ombros, esmagavam-lhe a alma.

— Que vida, meu Deus, que vida!

— Sim, meu filho, que vidas! Mas o Altíssimo é Misericórdia e Perdão. E há mais alegria no céu por um pecador que se arrepende que pela presença de cem justos... Domine os seus instintos, fuja à concupiscência, resista aos apelos inconfessáveis da carne, fuja à tentação do ouro, à ambição. Abandone esse egoísmo sem limites, desdobre-se em amor, em simpatia humana...

Mas ainda há tempo?

— Há, meu filho. Sempre há tempo para o arrependimento quando sincero. E um minuto de bem vale mais do que séculos de males praticados. O bem é mais fecundo!

— Assim Deus me ajude – repetiu, como no encontro no espaço etéreo, o antigo general francês, pensando em abandonar os negócios escusos, relegando para segundo plano os amores abomináveis, os vícios repugnantes, já construindo em espírito hospitais, abrindo escolas e colônias de férias, dando sociedade aos operários, vendo piscinas agitadas de criança se atirando na água, antegozando a felicidade nos lares humildes para os quais fora, até à véspera, apenas um devorador de desumanas proporções.

E o seu pensamento era lido pelo anjo. E novamente o anjo sorria. E a luz nas feições dele e nas feições do anjo, que apagara por completo os traços vulgares do aparelho mediúnico, enchia a sala e penetrava nas almas.

– Glória, Glória ao Senhor! – dizia o presidente da sessão.

– Glória, Glória ao Senhor! – repetiam os crentes.

E agora o anjo, a voz plácida, embaladora e repousante, era estímulo ao bem, antegozo da santidade. Falava nos anos que se seguiriam. Agradecia ao Altíssimo por haver-lhe permitido baixar. Sabia, intimamente sabia, que não seria perdido o seu esforço. E descrevia as estradas de luz de agora em diante abertas pelo antigo pecador...

– Glória, Glória ao Senhor – responsava uma voz.

Mas à medida que o anjo falava, pouco a pouco se apagava a luz, o halo que envolvia o rosto de Seabra Fontes. Ninguém dera pela vagarosa mutação. É que o sorriso abismal da prometida e apenas anteprovada esposa de seu amigo de infância retornava insistente. E seu corpo escultural o provocava. E os olhos tinham um gosto irresistível de voragem. E os milhões assegurados pelo negócio do cimento lhe abriam horizontes fabulosos. Davam-lhe o controle do país inteiro, reunidos aos conchavos que estava concluindo com um grupo petrolífero estrangeiro. Tinha o poder nas mãos. Era um dos homens mais ricos do mundo. Dispunha de polícia própria. Exércitos de trabalhadores construíam o seu poderio. Manejava presidentes e ministros. Influía na vida interna de países estrangeiros. Era cortejado, bajulado, servilmente bajulado por todos. Debalde a massa proletária que o enriquecia se revoltava e protestava. Por mais que noutros países os operários ganhassem terreno, em suas mãos eles continuavam como no tempo da escravidão ou no início da Revolução Industrial na velha Inglaterra. Estava por pouco tempo, é claro. Mas por enquanto o mundo era dele e valia a pena aproveitar, sugar o sangue, viver a sua hora de dominador.

O anjo continuava, transfigurado, a falar. Súbito, Seabra Fontes o interrompeu:

— Quanto tempo me resta de vida, nesta encarnação?

— Trinta anos.

— Exatos?

— Um pouco menos, um pouco mais. Não vou dizer exatamente. Talvez quarenta. O que lhe basta saber é que é tempo bastante para fazer o bem...

Seabra Fontes continuava pensando. E quase sem o sentir, em voz alta:

— Trinta anos... trinta anos...

De novo a mulher próxima e os novos negócios. E a possibilidade e a certeza de novas mulheres e negócios por mais trinta, por quarenta anos talvez...

— Meu anjo...

— Diga, meu filho.

Hesitou um pouco. Mas afinal:

— Eu já perdi trinta anos, não é verdade?

— Sim, mas tem outros trinta, que poderão ser multiplicados em virtudes e bênçãos...

Seabra Fontes pareceu não ouvir, continuando:

— Não seria melhor, meu anjo, deixar tudo isso para uma encarnação completa?

— Como assim?

— Para uma encarnação inteirinha... – explicou – para uma nova encarnação...

O anjo encarou-o, desorientado, sem acreditar no que ouvia, sem entender. Ergueu-se lentamente, indignação fuzilando nos olhos, como querendo fulminar o rapaz. A cólera dos deuses o tomara. Cólera e nojo. Isaías se erguera. Ou Amós. E as apóstrofes pareciam prestes a explodir. Mas subitamente sentindo a inutilidade de tudo, se afastou para o Além, num relâmpago de segundo, largando no espaço o corpo do médium, que desabou pesadamente no meio da sala, indo abrir a cabeça numa perna da mesa.

POTTER

De hotel não merecia o nome. Residência de madeira, como praticamente todas, em Antígua, tinha dois pisos, quando a maioria das casas de Saint John e de todas as pequenas cidades conhecidas pela redondeza pouco passava de caixões de madeira de doze por quatorze pés. Sala de jantar, com três ou quatro mesas pequenas. Quartos não muito grandes, de móveis modestos, mosquiteiro pendente sobre a cama. Mrs. Jardine (que na geração anterior fora Jardim) estava fora, cuidando do seu *drugstore* numa rua da vizinhança. Mas Polly, preta alta, magra, de touca, lábios finos e um laconismo britânico, já dera ordem ao chofer para baixar as malas, antes mesmo de saber se o recém-chegado se decidira a ficar. E eu fiquei. Desci, fui pagar o chofer.

— Meu nome é Potter — disse o preto sorridente, estendendo-me o cartão: Camacho's Auto Station. — Aí está o telefone. Precisando, pode chamar. Faço preço especial.

Guardei o cartão, deixei as malas, saí para a rua. Descia um sol violento, ardência vertical que fazia da terra um forno insuportável. O calor vinha de cima e subia da terra. A luz dava nos olhos e estonteava. Os nativos, homens e mulheres de chapéu, o passo mole, punham no forasteiro um olhar à primeira vista agressivo. Ruas estreitas. Casas pitorescas e pobres. Pobreza evidente por todos os lados. E aquele sol de Senegal feroz.

Que haveria para ser visto em Antígua? Certamente o English Harbour, onde por dois anos vivera o almirante Nelson, antes que a glória o anexasse à história de sua pátria e do mundo. A praia de Fort James. Plantações de cana. Fábricas de rum. Uma ou outra propriedade de ingleses riquíssimos, contrastando com a miséria geral. Mais isto, mais aquilo, não muita coisa, com certeza. Acima de tudo, observar a população negra de quarenta mil almas para pouco mais de um milheiro de brancos, entre os quais se contava, naturalmente, o governador inglês, representante de Sua Majestade a Rainha.

Comércio, paupérrimo. Apenas uma grande loja de departamentos, num dos extremos da cidade. Quase tudo mais, muito humilde. Mais que humilde, triste. Ao acaso das ruas a repetição de nomes portugueses nas lojas, quase sempre nos armazéns e botequins, alguns já deturpados, como o de Mrs. Jardine. Outros, ainda puros: Vieiras, Anjos, Barretos, Silvas, Pereiras. Eu saberia depois que os portugueses de Antígua, já de quatro gerações na ilha, vinte ou trinta anos antes dominavam todo o comércio local e ainda mantinham o controle absoluto do comércio de bebidas. E que possivelmente a maior fortuna antiguana pertencia aos Camachos, originários dos Açores, a um dos quais pertencia a garagem para a qual trabalhava meu amigo Potter.

Eu já me esquecera, porém, de Potter, aquela noite, após o jantar, enquanto ouvia Mrs. Jardine, que não falava português (terceira geração na ilha), contar, com seu rude acento insular, a história do incêndio do hotel que tivera. Seria a história de todas as outras noites. Fora o maior hotel de Saint John. Quatro ou cinco andares de madeira boa. O preferido dos turistas americanos. O orgulho da cidade. Mas certa noite o fogo lavrou e em menos de uma hora, da fortuna de Mrs. Jardine, só restava, por entre lágrimas de desespero, a vontade de recomeçar e uma triste possibilidade: quando lhe morresse o pai, herdar-lhe a padaria escura e torva.

Com o hotel perdido, Mrs. Jardine se justificava da humildade da presente *guest house*. E da amargura de se ver abandonada pelos que antes lhe enchiam o estabelecimento nos tempos de fausto, bebendo sem pagar o rum nativo e incursionando de graça, como visitas, pelo uísque importado, resultava, sem dúvida, a sovinice do serviço de agora. Um americano que fazia o Caribean Sea regularmente, a vender histórias em quadrinhos, me garantia que Mrs. Jardine tinha o recorde antilhano dos *menus* de fome. A julgar pelas duas refeições daquele dia, devia ser assim. A sopa, servida em largos pratos de granito inglês, apenas lhes molhava o fundo. Começava a tomar-se por onde termina a sopa nas demais mesas da terra: erguendo o prato obliquamente para encher a colher. Depois vinha um prato já feito, com pequenas amostras de carne, de alface, de batata-doce, de pimentão, de arroz. E era tudo.

Mas eu já me esquecera do chofer, quando me chamaram à porta. Era ele. Se não queria visitar o bar, em Fort James, se não preferia conhecer a boate do antigo cassino dos oficiais americanos durante a guerra, se não queria conhecer as mulheres nativas. Um irlandês da casa prometera levar-me a um bairro distante para visitar famosa *steel band*. Agradeci, portanto, o oferecimento de Potter. Ele não se convenceu com a minha recusa. Talvez eu não gostasse de negras. Mas havia uma chinesa.

— *The only Chinese girl in the island!*

Para compensá-lo por tanta solicitude, contratei com Potter, para a manhã seguinte, uma visita às docas de Nelson. Repartiria a despesa com o amigo americano.

*

O passeio compensava. Os antiguanos preservavam com extremo carinho o seu patrimônio histórico. Não se repetira a decepção do solar em que nascera a imperatriz Josefina em Martinica. Lá estavam as fortificações, os estaleiros em que se reformavam os modestos navios de madeira da terrível esquadra inglesa do século XVIII, a casa de comando com o leito em que dormira o futuro amante de Lady Hamilton, tudo zelosamente conservado. O English Harbour, numa baía interior, escondida entre montanhas, era o porto onde se abrigavam belonaves inglesas menos contra as frotas inimigas que contra os terríveis furações que assolavam, periodicamente, as águas traiçoeiras do mar das Antilhas, os mesmo furações cuja descrição, nos lábios de Mrs. Jardine, eram qualquer coisa de arrepiar os cabelos, de tirar o sono.

Já na volta, pela altura de Liberta, vilarejo cujo nome derivava do fato de ter sido precursora na emancipação dos escravos da ilha, Potter se voltou para mim:

— *Are you from Venezuela?*

A frequência dos navios venezuelanos fez dos compatriotas de Bolívar os sul-americanos mais conhecidos em Antígua.

Contei-lhe que era do Brasil. Potter quase parou o carro.

— Brasileiro? Eu trabalhei, durante um mês, para um conterrâneo seu.

— Diplomata? Comerciante?

— Não sei. Brasileiro...

— E que fazia em Saint John?

— Desceu por causa de uma pane no avião em que ia para Porto Rico. Ia ficar dois dias. Ficou um mês.

— Gostou da terra?

Potter sorriu.

— Creio que não foi propriamente da terra...

Mas o meu companheiro americano pedia informações sobre o custo da vida em Antígua e o assunto caiu.

*

Era a quarta ou quinta excursão que Potter me proporcionava na ilha cada vez mais linda. Parecia um velho amigo. Já muito lhe conhecia da vida. Solteiro, vivia no momento com uma *French girl* da Martinica. Nada de ligações permanentes. Mais uma semana e ela, secretária de um prestidigitador que fazia sucesso no Deluxe Theater, felizmente partiria para Barbuda e, de lá, para outras ilhas do mar das Caraíbas.

— Você é contra as ligações permanentes?

— Natural! Mulher dá muito trabalho. Filho sempre...

— E você tem filhos?

— Dois.

— Da mesma mulher?

— Não, não. Duas mulheres, *sir*!

Disse aquilo com um ar de incorrigível e teimoso Don Juan.

— Estão vivos?

— Claro!

— Com quem?

— Com as mães...

— Sustentados por você?

— Está claro. A lei obriga...

Fiquei sabendo então que em Antígua a paternidade é livre, mas o pai é constrangido por lei a fornecer semanalmente dois dólares das

Índias Ocidentais Inglesas, menos de um dólar americano, para o sustento dos filhos que semeia aos acasos do amor.

— Até que idade?

— Até os treze anos — disse Potter preocupado. — Para um faltam só três anos. Mas para o outro faltam nada menos de sete! Um inferno! — concluiu, coçando a cabeça, derrapando na estrada.

*

Ia visitar, afinal, a famosa praia de Fort James, cuja concessão pertencia a um português, John P. Barreto, com armazém de bebidas na capital, que eu conhecera na véspera em casa de Mrs. Jardine. Ideia puxou ideia. Após o jantar os dois conversavam e Mrs. Jardine contava as aventuras de um gordo pensionista, de mais de setenta anos, que se apaixonara por Tina e vinha, há várias semanas, fazendo loucuras. Pela descrição de Mrs. Jardine, confirmada pelo concessionário da praia, Tina, abreviatura de Albertina, era o grande vira-corações de Saint John. Preta inclinada para mulata, muito bonita, de corpo que faria inveja a qualquer branca, muito alegre, muito inteligente, era viúva de um soldado americano 100% branco, morto num combate de aviação quase ao fim da última guerra. Muito orgulhosa por ter sido esposa de americano e branco, Tina recusava todas as propostas de casamento que recebera depois, todas de negros, naturalmente. Essa, pelo menos, parecia a razão. Por essa ou por qualquer outra, nenhum morador da ilha, de sua raça, possuía o corpo de Tina. Que entretanto estava ao alcance de todos os turistas sem preconceito de cor ou excitados pela tentação das ilhas quentes.

— Como sabe arrancar dinheiro! — dizia Mrs. Jardine, entre escandalizada e solidária.

— Então não passa de uma... — comentou, sem concluir a frase, um irlandês que exportava lagostas para Porto Rico.

— Não sei — disse Mrs. Jardine. — Tina é costureira. É quem melhor corta em Antígua. Mas você sabe: aqui pagam mal. Tina estava acostumada ao dólar, não BWT, mas USA....

— Prostituta ou não — rematou o irlandês — nunca vi corpo igual na minha vida.

Recordando a conversa da véspera, indaguei do meu cicerone se conhecia, na cidade, uma certa Albertina.

— Tina? *Of course!*

E brusco e sem transição:

— Quem lhe falou dela? O brasileiro?

Estranhei. Brasileiro, na ilha, era eu.

— Eu sei — disse Potter. — Mas quem lhe falou dela? Aquele brasileiro para o qual trabalhei?

Lembrei-lhe que não o conhecia.

— É verdade. Que bobagem minha!

Mas fiquei sabendo: fora por causa de Tina que o meu desconhecido patrício vivera um mês em Antígua, devorando barris de rum, completamente alucinado.

*

De fato, comecei a notar. Era ela a grande cortesã da ilha, a mulher mais discutida, pelo menos no círculo estreito em que eu vivia. Mrs. Jardine, além do incêndio e dos furacões, só tinha uma conversa: Tina. Turistas que perdiam a cabeça, americanos, ingleses, venezuelanos. O diretor de uma refinaria de petróleo em Curaçau quisera transportá-la para a ilha distante. Mas Tina, apegada ao seu torrão, estava acabando de pagar uma casinha de madeira, daquelas de doze por quatorze pés, que o governo financiava. E era realista: acreditava pouco no amor ou na vida dos homens. Podia o holandês se desinteressar ou morrer e ficar ela perdida, só falando inglês, numa terra onde se falava apenas o holandês e o papiamento, língua horrorosa, feita de espantosa mistura de holandês, espanhol, português e outras coisas estranhas. Preferia ficar. Os turistas, em certas épocas do ano, inundavam a ilha e Tina mal achava tempo para o ateliê de costura onde o trabalho honesto parecia exercer sobre ela uma atração dignificante e poderosa. Eu só ouvira falar de Tina no segundo dia. Mas parece que os forasteiros sabiam dela, regularmente, no primeiro. Os choferes, os porteiros de hotel se encarregavam de irradiar-lhe a fama.

— Ela dá comissão — dissera Mrs. Jardine, dessa vez francamente enojada.

Hoje tenho certeza de que, naquela primeira noite, era dela que Potter me vinha falar. Potter tinha pela criatura uma admiração infinita. Mas o meu desinteresse parecia-lhe, por certo, preconceito racial e ele, com dignidade, mudara logo de assunto falando da chinesa, *the only Chinese girl in the island!*

*

Já na véspera da partida — Potter me conduzia ao ex-cassino dos oficiais americanos — lembrei-me de pôr a limpo o caso do meu patrício, cujo nome Potter dificilmente reconstituía.

— Andou quase louco — disse Potter. — Nunca vi paixão igual. Ele perseguia Tina dia e noite. Exigiu exclusividade, enquanto permanecia na ilha. E vigiava Tina o dia inteiro. Acompanhava-a ao ateliê de costura e ficava na esquina, dentro do meu carro, vigiando. Até a comida quem buscava era eu. Ele me pagava por dia. Nunca na minha vida ganhei tanto. Mr. Camacho até se divertia. O brasileiro quase pagou, sozinho, o custo do carro. Quando Tina terminava o trabalho ele a levava para tomar banho e trocar de roupa e depois saía por aí, percorrendo as praias, tomando pifões, cantando pela noite uns tangos...

— Tangos ou sambas?

— Isso mesmo... sambas... Tina gostava de ouvir. Três ou quatro vezes esteve de partida marcada e adiou a viagem. Nas últimas semanas vinha telegrama todo dia...

— Da família?

— Da família... dos sócios... creio que do governo... Sim... parece que era do governo... Afinal resolveu embarcar. Mas para isso teve que tomar rum até ficar desacordado. Eu prometi botá-lo dentro do avião e botei...

— E depois?

— Nunca mais voltou, que eu saiba.

— Faz muito tempo?

— Uns três anos.

Eu sairia na manhã seguinte para São Domingos. Não seria justo partir sem conhecê-la.

— Vamos voltar, Potter. Quero conhecer Tina.

Ele parou o carro e me olhou muito sério.

— Só conhecer?

— Por quê?

— Se o senhor pudesse jurar...

— Mas eu não estou entendendo, Potter. Você tem alguma coisa com ela?

— Não.

— E então?

— É, mas eu não posso. Eu prometi...

— Mas você não me disse ainda há pouco que levava regularmente os turistas para a conhecerem?

— Sim, mas não brasileiros...

— E daí?

— É que eu prometi a *mister*... *mister*... eu não lembro o nome... mas eu prometi... Prometi que nunca levaria um brasileiro...

Ligou a partida novamente.

— Desculpe, *sir*. Ele disse que não podia impedir o resto, mas que brasileiro, pelo menos, ele não queria...

E muito sério, num tom lamentoso:

— Foi juramento, *sir*. Foi juramento...

O HOMEM NAS MÃOS

Sim, realmente eu matei. Era a prova de amor, a suprema prova que exigira de mim. Eu dera-lhe um carro. Não gostara. Dera-lhe um apartamento. Apenas o aceitou. Dei-lhe um iate. Não se convenceu. Já me atirara a seus pés, muitas vezes, sem êxito algum. E antes de me ajoelhar e antes do automóvel, do apartamento e do iate, já lançara mão de todos os recursos ao alcance de um apaixonado em pleno delírio. Nada a comovera. Só acreditaria, só aceitaria um grande, um infinito, um amor sobre-humano. Assim julgava eu o meu amor. Ela não se convencia, porém. E eu sofria e escrevia poemas e chorava ao luar. Era a inatingível. Ofereci-lhe a minha vida. Recusou. Jurei que me mataria em seguida, se ela cedesse. Ela sorriu. "Pede-me o impossível", dizia eu. E ela sorria. Para os grandes amores não existe o impossível. Estava, toda inteira, nessa minha proposta, a prova definitiva de inexistência do amor em meu coração. E eu continuava me multiplicando em humildade e entregas desvairadas.

Um dia, olhei para a minha vida. Estava arruinado. Nada mais tinha de meu. Se ela quisesse um automóvel novo, um iate mais recente, um apartamento maior, já não os poderia dar. Meu desespero foi, então, sem nome. Perdera a última esperança. Mas conservava ainda a capacidade de argumentar, estranho poder de raciocinar friamente. Atirei-me de novo a seus pés. Se não era o dinheiro, se não eram tributos materiais de amor o que esperava, mas a prova apenas de um grande amor, a prova ali estava, na minha miséria. Que exigia agora? Que podia esperar?

— Enriqueça de novo.

E dentro em pouco — somente eu, ninguém mais, pode falar do que é capaz um grande amor — estava rico outra vez. Novo automóvel? Dela. Viagem à volta do mundo? Teve. Joias? Colares? Todo dia. Festas? Jantares? Boates? Uma eu construí exclusivamente para ela e seus amigos. Três semanas depois, entediada, me dizia:

— Pode fechar a boate.

E eu fechei.

Abri e fechei em vão. Como em vão fora tudo. Era tédio e ceticismo. Certa noite, alucinado, eu a levava de automóvel por uma estrada maravilhosa.

— Você quer a lua?

Ela sorriu.

— Não. Mate aquele homem.

À luz clara do luar, caminhava um pobre vulto à nossa frente, cem metros além. Pisei o acelerador. Teve a duração de um relâmpago.

— Vamos ver se morreu — disse ela.

Voltamos.

Sim, valeu a pena. Ela foi minha. Foi minha, afinal. E a vida se iluminou. Vivi alguns dias ou anos ou séculos — até hoje não sei — na mais total felicidade. A natureza cantava, os pássaros cantavam, o mar cantava, as ruas cantavam, as casas cantavam, cantavam os homens anônimos nas ruas. Até que ela começou a não acreditar outra vez. E eu voltei a dobrar-me a seus pés. E a suplicar, a pedir, como um doido. Desci a todos os extremos. Até cantei boleros. Inutilmente. Foi quando, depois de novos boleros e joias, ela me pediu outra vida. Apressei o carro – o luar era lindo – e tive-a novamente em meus braços. E daí por diante esse foi o preço. A sorte me ajudava de maneira espantosa no jogo. Do produto de uma noitada ofereci-lhe um colar de um milhão. Ela olhou o colar, abandonou-o displicente no sofá.

— Eu quero é sangue.

Levantei-me, com a chave do automóvel na mão.

— A tiro – disse ela.

Voei para casa, apanhei o revólver, ela ao meu lado.

— Eu quero ver.

Viu.

Tive-a de novo.

Passou tempo, depois disso.

Confesso, agora, confesso humildemente, que o amor também passou. Não sei como. Não sei quando. Foi de repente, foi aos poucos, não sei. Acabou. Hoje eu mato, mato quando ela me pede, quase por constrangimento, por hábito talvez. Porque ela pede. Talvez para não desapontá-la. Talvez para não me desapontar. Talvez querendo iludir-me. Talvez por displicência, por preguiça mental, preguiça de reagir. Mato sem vontade, mato sem paixão, quase uma questão de rotina. Pediu, eu mato. Adquiri o hábito de obedecer. Ficou em mim, entrou no meu sangue, esse automatismo. Uma joia? Eu compro. Um carro? Eu dou. Um homem? Eu mato. Eu não tenho é meio de recusar. Não me interessa mais, não quero mais, mas faço. Faço, obedeço. Negar não sei.

O pior é que, pelo jeito, ela anda querendo que eu me apresente à polícia...

UMA BALA PERDIDA

Renato mal viu como se passaram as coisas. Acabava de comprar o jornal, quase comprara um número do *Time*, olhou distraidamente, num pasquim qualquer, pendente da banca ao lado, a fotografia de uma negra assassinada no morro. De borco, as coxas despidas, rio de sangue a sair-lhe da boca. Pagou, deu dois passos, um tiro soou. Pouco além, uma velha desmaiava. Homens fugiam. Por ele passou correndo alguém de branco, jogando longe o revólver.

— Pega! Pega!

— Assassino!

Apitos trilaram. Atropelo para todos os lados. Gente se aglomerava alguns passos adiante. Ainda sem entender, aproximou-se do grupo.

— Está morto! — disse uma voz.

Devia estar. O homem jazia no chão, encolhido, como criança com frio. Renato, movido por uma curiosidade assustada, ainda quis identificar a vítima. E se fosse um amigo? E se fosse o José? Pensou absurdamente no irmão, pacata criatura que nunca tivera um simples bate-boca em toda a vida. Era o mesmo receio que o levava a aproximar-se, trêmulo, sempre que via desastre de automóvel, temeroso de encontrar estendida no chão a esposa ou algum dos filhos, por menor que fosse a probabilidade de se encontrarem no local do acidente.

— Um mulato.

Viu pela mão e respirou mais tranquilo. José era louro. Louro e pacato. E foi se afastando, o coração ainda aos saltos.

— Inconscientes!

Foi quando, pela primeira vez, o terror o assaltou. E se a bala o tivesse apanhado? Pensou, quase satisfeito, que felizmente o assassino tinha boa mira. E não ficara desesperado, a dar tiros no escuro, com risco de atingir muita gente. Ainda bem.

Absorto, quis atravessar a rua, na primeira esquina. Um carro parou-lhe quase em cima, freado com fúria. Por um triz o apanhava.

— O senhor nasceu outra vez... — comentou alguém.

Renato sorriu, de rosto desmanchado, para o desconhecido que sorriu também.

Sim, tinha nascido outra vez.

*

À noite, contava em casa o que assistira, pintando com largas pinceladas o crime em plena avenida. Maria da Graça, horrorizada, comentou:

— Eu não digo? Nesta terra ninguém tem segurança. Os bandidos estão soltos. A gente nunca sabe, ao sair de manhã para o trabalho, se vai voltar. Quando menos se espera, um automóvel, uma bala...

E dramática:

— Você já pensou? Se aquele miserável errasse o tiro... as crianças podiam estar chorando a esta hora...

Renatinho apareceu correndo:

— Papai! O Paulinho tá xingando a gente!

— Vai deitar, menino, eu já falei vinte vezes... — disse Maria da Graça.

O marido olhou o filho travesso, tomado por uma estranha comoção.

— Vem cá, meu filho, acabe com essas brigas...

— A gente tava brincando de mocinho...

Renato pegou o filho pelo braço, aconchegou-o no peito, acariciando-lhe a cabeça.

Agora ele podia estar órfão, pensou.

*

Descera do escritório para reconhecer uma firma no tabelião. Junto ao elevador, dois homens discutiam. Presa de pavor inesperado, Renato apressou o passo, ganhou a rua. Saltou para o lado, a fim de proteger-se. Teve a impressão de que os dois iam passar às vias de fato, como se dizia nos jornais. Estugou o passo, à espera de ouvir o tiro. Não ouviu. Achou-se ridículo, caminhando com pressa, medo tolo de uma discussão de estranhos, sem maior consequência.

Estou ficando idiota, pensou, achando graça na situação.

Mas não conseguiu evitar, ao regressar vinte minutos depois, que o coração lhe batesse mais descompassado, à porta do edifício, onde um grupo gesticulava. Como teria terminado o bate-boca?

Novamente se julgou imbecil. Entrara assustado no vestíbulo do edifício. Homens tranquilos esperavam o elevador. O dos andares ímpares acabava de abrir-se, despejando, solitária e espetacular, uma criatura de seios insolentes. Ia de olhos brilhantes, um vago sorriso, dona vitoriosa do desejo de todos.

— Pedaço! — murmurou alguém.

Renato já vira aquela mulher mais de uma vez. Devia ter marido, namorado ou amante no prédio. E cheio dela e esquecido de tudo, tomou o ascensor, reconciliado com a vida.

*

No dia seguinte, atrasado – o despertador não funcionara – tomou táxi para a cidade. O carro voava. Homens, postes, casas fugiam. O chofer estaria louco? Bobagem. Sessenta, setenta, quantos quilômetros? Voava como bala. Renato se encolheu no banco traseiro, fugindo ao vidro traseiro e às janelas, protegendo-se com a carroçaria. E se uma bala passasse, uma bala perdida? Adquiriu subitamente a certeza de que alguém ia dar um tiro. Nele, não, está claro. Não tinha inimigos. Era ainda mais pacato que o José. Mas uma bala estúpida, bala de briga alheia, de homem na mulher infiel, de marido no amante da esposa, de operário matando o patrão, de irmãos brigando por questões de herança... Por qualquer coisa se matava neste país. Na mesa, ao café, passara os olhos pelo *Correio*. Na véspera, vários crimes, vários assassinatos. E principalmente o daquela mulher que matara o advogado. Sim, toda a gente estava doida. Homens nervosos, almas sem controle. Uma onda de insânia varria a cidade. E os jornais ainda agravavam a situação, com o sensacionalismo contagiante que envolvia todos aqueles dramas de feição primitiva e suburbana.

— Mais depressa! – gritou ao chofer.

O homem voltou-se:

— Mais?

— É que eu estou atrasado – disse Renato, caindo em si.

*

Estava atrasado mesmo. Não foi diretamente ao escritório. Passou por uma companhia de seguros. Entrou como criminoso. Como ladrão. Olhou diferentes guichês, viu o que lhe convinha, parou, hesitou, recuou, tornou a aproximar-se.

– Que deseja, cavalheiro?

Já não havia remédio. Precisava falar. Atrapalhado, quase perguntou se ia chover, tão convencido estava de haver o homem lido o seu pensamento e saber que ele estava ali de má-fé, pretendendo roubar a companhia. Sim, porque era roubo... puro roubo. Mas não falou em chuva, graças a Deus. Não desabou naquele ridículo. Falou, sim – e com que naturalidade! – no seguro. Pretendia fazer um seguro de acidentes (e olhava de baixo para cima, certo de que o homem ia lhe apontar a porta da rua). Desejava conhecer as condições.

Com surpresa, viu o desconhecido abrir-se em sorriso, largo sorriso de satisfação e boa vontade. O ingênuo.

– Faça o favor de entrar, cavalheiro.

O homem o apresentava a um terceiro. O terceiro falava por todas as juntas, amabilíssimo. A companhia timbrava em cumprir escrupulosamente os seus compromissos, tradição da casa. Ainda na véspera... Contou vários casos comprovadores. Um papel estava na sua frente. O homem perguntava-lhe o nome, endereço, profissão, mil pequenas coisas. E escrevia. Com pressa. Com afobação. (Seria caso de simpatia pessoal? Queria segurar-lhe a vida em tempo, antes de acontecer o imprevisto – o homem usou várias vezes a palavra – e a tempo ainda de proteger-lhe os filhos e a pobre Maria da Graça?) Ao pensar naquilo, Renato se encolheu de novo, apavorado, como se a bala estivesse passando.

— Frio? — sorriu o amável desconhecido.

Renato teve presença de espírito bastante para mentir, com a possível naturalidade.

— Começo de gripe.

O agente fez a sua piada profissional:

— Esse risco nós não cobrimos. Apenas acidentes... Em compensação, em terra, no ar e no mar... Toda sorte de acidentes...

Estendeu-lhe o papel.

— Pode passar na caixa. E muito obrigado pela preferência...

Renato encaminhou-se como um sonâmbulo para o guichê.

Ao sair, de recibo no bolso (a apólice seria remetida dentro de três dias), ainda o agente veio cumprimentá-lo. E Renato espantou-se mais uma vez da sua inconsciência ou da sua cumplicidade:

— Agora pode andar na rua à vontade, cavalheiro...

*

A figura do agente ficou, verdadeira obsessão, no espírito de Renato. Porque o homem sabia, com certeza sabia que Renato tinha os dias contados e ia ser por acidente... Ia ser por uma bala perdida. Seria pena, simpatia humana? Ou estava traindo a companhia, simplesmente com o pensamento na comissão? Ou seria... Sim, ou seria...

Foi a sua primeira pergunta ao entrar no escritório, onde o chefe da seção, velho amigo, olhava com estranheza aquele atraso inesperado:

— Seguro por acidente cobre bala perdida?

O chefe sorriu:

— Ora essa! Você está ficando doido? Cobre, claro que cobre!

Renato sentiu uma grande paz. Mas ao chegar à mesa de trabalho (ficava junto à janela), pensou que qualquer tiro para o alto, da rua, poderia atingi-lo. Aproximou-se da janela, estudou o ângulo, viu que não. Mas em frente havia um prédio enorme de escritórios. De lá, a bala viria direitinho.

— Silveira, me ajuda a puxar esta mesa.

O colega o auxiliou.

— Muita luz — mentiu Renato.

*

Daí por diante, Renato ficou à espera da bala, embora mais tranquilo quanto ao futuro dos seus. Afinal, não tinha outras economias. E delibava um sentimento mesquinho: duzentos contos de prejuízo para a companhia. Consolo idiota, claro. Viver desejava ele. Era bom viver. Ou não era. Mas bem pior seria morrer. E daquela morte estúpida, sem razão, morte com outro endereço.

— Sempre fui um pesado... — afirmava.

E seus olhos o traíam. Frequentemente um arrepio lhe percorria o corpo. Não falava. Nunca falava. Ninguém lhe conhecia o segredo, a certeza terrível. Não se atrevia a abrir-se com pessoa alguma. Iriam rir. Já o andavam tomando por louco. Suas fugas bruscas, os arrepios inexplicáveis, certas manobras de corpo, que ninguém entendia, provocavam sorrisos.

— Está ficando doido, Renato?

E ele respondia aos gaguejos, atarantado, vergonha nos olhos.

Às vezes o trabalho o absorvia, os problemas domésticos davam-lhe uma evasão, mulheres avulsas, topadas na rua, o devolviam aos desejos da vida. Mas, quando menos o esperava, a bala passava. E era aquele encolhimento trêmulo de corpo, uma palidez sem razão, que arregalava os olhos dos amigos.

Uma vez, escrevendo, sentiu a coisa tão viva, que abaixou de repente, quase a se esconder embaixo da mesa. Prolongou o susto absurdo na procura tola de um papel que não caíra no chão. Felizmente ninguém notara. Na rua, caminhava aos pulos de coração, olhar apavorado para todos os lados, pressa irracional, como quem queria fugir, o mais cedo possível, do risco. A rua era o risco. Qualquer elevação de voz (às vezes simples amigos que não se viam de há muito e um ao outro se achavam mais moços e bem-dispostos, depois do longo afastamento) bastava para o sobressalto. E, a cada passo, humilhado e confuso, surpreendia-se abrigado atrás de postes, árvores e portas, de amigos, até.

— Que é que você tem, Renato?

Vinha a pergunta de Maria da Graça.

Renato reconheceu, interiormente, ser o maior dos miseráveis. Parados a uma porta aglomerada de cinema, escondera-se, de brusco, atrás da esposa.

*

Ir a um psiquiatra, tolice. A um psicanalista, ainda maior. Chegara a pensar nisso, analisando bem as coisas. Mas pensando melhor, sabia que nenhum psiquiatra, psicanalista nenhum, a menos que estivesse na frente dele, na hora da bala, o salvaria do destino traçado, cada vez mais destino, cada vez mais fatal.

E a estranheza sempre maior, por parte dos amigos. O olhar interrogativo, inquietude crescente, de Maria da Graça. Descontroles no trabalho. Longas demoras.

Saía como um criminoso.

Ia tomar o elevador. O trabalho acabara. O escritório ficava no décimo andar. Junto ao elevador, desconhecidos conversavam. Ou melhor, discutiam. Comissão numa venda de terrenos. Veio-lhe a certeza. Seria agora... O elevador parou. Os desconhecidos entraram. Uma colega entrou.

— O senhor não desce, seu Renato?

— Vou pela escada. Quero fazer um pouco de exercício.

Foi pela escada. Dez andares de mármore de Minas Gerais, claro e escorregadio. Pela altura do sétimo falseou o pé. Não foi bala. Um simples escorregão. A base do crânio deu em dois ou três degraus de maneira violenta. Fragor. Gente acorreu. Fratura exposta. O fim.

*

Três ou quatro dias depois, funeral realizado, comunicação pesarosa feita pelo José, a companhia, pelo seu agente, visitava a família. Ele entrou compungido, como convinha. Estava intimamente vitorioso, porém. A Asseguradora Geral de Acidentes, fundada em 1845, timbrava em cumprir fielmente os seus compromissos. Maria da Graça, chorosa, assinou o recibo. O agente estendeu-lhe o cheque, quase sorridente.

— Vejam o valor da previdência... O dr. Renato — grande amigo meu! excelente coração! — vendia saúde. Garanto que nunca lhe passou pela cabeça que teria um fim tão brusco...

E abrangeu, com um olhar largo e profissional, o pequeno mercado presente, dois cunhados, um vizinho que trabalhava no Dasp, um velho amigo da família e o pacato José.

MARTA

Não recordo o nome da rua. Ou melhor: o número. Era 46 ou 48. Lá ficava um restaurante mexicano onde muitas vezes fui comer, com a nostalgia das comidas condimentadas que me davam os *blue plates* dos restaurantes americanos. Comida que já vinha com os vidrinhos de sal e pimenta-do-reino, para o freguês temperar, pouco apetitosa para o meu paladar afeito ao vatapá e outros pratos fortes. Era para mim um sofrimento sentar-me à mesa de qualquer daqueles restaurantes limpos e de pratos fotogênicos. Refugiava-me nos restaurantes latino-americanos, espanhóis, italianos, fazia incursões pela cozinha iídiche e até indiana, ia me regalar com o *chile and beans,* os *tamales* e os tacos daquele pequeno restaurante da rua cujo número não guardo.

Era uma porta só, mesinhas redondas, clientela expansiva, o espanhol cruzando o espaço, ruidosamente, e uma garota de orelhas ligeiramente cabanas, branca e não morena, feia e não bonita, Marta e não Carmen, nem Consuelo, nem Rosário. Mas jovem, mas alegre, mas viva, o condimento melhor do restaurante de pratos fortes, apimentados e imaginosos.

— Bom dia, Marta!

Marta era amiga de todos. Conhecia as preferências de cada um, já vinha lá de dentro, quando nos avistava, com o nosso prato predileto. Ou trazia o que julgava ser o prato melhor na ocasião e o impunha com uma doçura irretorquível.

— *Usted* vai gostar.

Nós gostávamos sempre.

— *Tequilla?*

Trazia.

— Estava guardada para *usted*.

Falava em inglês mas substituía, sistemática, o *you* banal pelo *usted* que tinha um sabor de intimidade em sua voz, esta sim, quente e cantante.

— Marta!

Era o dono do restaurante, a cada passo a chamá-la. Porque Marta parava em todas as mesas, sempre que os acasos do trabalho o permitiam, tagarelando feliz. Marta sabia que era toda voz. Por isso falava. A voz embelezava-lhe o rosto, empinava-lhe os seios, estes também – viva a saudade! – impecáveis e novos, dava-lhe musicalidade aos movimentos e meneios.

— *Chile* com carne – pedia uma voz.

— *Chile* com carne – cantava ela, depositando o prato na mesa.

E todos nós, não muitos, que já mais ou menos nos conhecíamos de vista, embora houvesse em comum, entre nós, apenas Marta, esquecíamos muita vez os *tamales*, os tacos e o *chile* com carne para acompanhar os volteios de Marta, no seu constante ir e vir ao som da linda voz. Esquecíamos, principalmente, a vida que rodava e corria lá fora, apressada e estúpida, rumo ao *subway*, rumo ao trabalho, rumo ao sanduíche de queijo com folhinha de alface e rodela de tomate, rumo à vitamina ou à história em quadrinhos.

— Andou viajando?

Para Marta só uma viagem podia justificar o desaparecimento de qualquer de nós, por algum tempo. E como eu vivia peregrinando de restaurante em restaurante, e, verdade seja dita, não era dos mais assíduos, como eu sempre confirmasse a pergunta, Marta passou a considerar-me viajante profissional.

— *Hello, viajero!*

E por *viajero* me conhecia e tratava.

— *Usted*, que viaja tanto, já esteve no México?

Perguntara em inglês. Informei em inglês que não. Marta lamentou em espanhol que eu não conhecesse o México. E desde então foi somente em espanhol que me falou, privilégio concedido naturalmente apenas a seus compatriotas, incluindo-me assim entre os que recebiam a graça especial de sua voz, que em espanhol era mais linda.

Um dia depois de uma ausência de semanas, apareci no restaurante.

— Que deseja?

A voz era hostil, o rosto não me era estranho. Moreno, cabelos negros e duros.

— Marta? — perguntei.

— Falo de pratos — disse o homem, estendendo o *menu*.

Escolhi ao acaso, o prato veio, comi em silêncio. Em silêncio outros homens comiam nas mesas de guarnições coloridas, rumor apenas de talheres e louças. Um indivíduo qualquer acompanhava, empolgado, as aventuras gráficas de um herói de músculos de aço, queixada rija e testa curta.

As mesas estavam povoadas, como de costume. Na caixa, o dono do restaurante, que de lá comandava o movimento da casa, fora substituído por uma rapariguinha loura, bonita e inexpressiva. O dono servia, Pablo. As mesas estavam ocupadas, já disse. Mas o restaurante me parecia vazio.

Onde estaria Marta? Estaria doente? Ou teria voltado ao México? Estava, possivelmente, de férias. Quis perguntar a Pablo. Mas o tom hostil com que recebera a minha primeira pergunta não me animava a insistir.

Comi com vagares. Talvez ela aparecesse ainda, talvez viesse trabalhar somente à tarde. Ideia tola, naturalmente. A ausência de Marta já devia durar por alguns dias, porque o ambiente parecia outro. Os clientes, praticamente os mesmos. Aquele silêncio, porém, era de uma longa falta, bem se via. Todos penavam pela ausência da voz que vinha a todas as mesas, embalada em sorriso.

Nova ideia tola me assaltou. E se Marta houvesse morrido? Bem pouco provável. Era jovem e sadia demais para morrer assim. E se tivesse morrido, Pablo teria tido outra reação. Com certeza ela se desaviera com o chefe ou com algum cliente. E por isso deixara o serviço. Mas como saber? Aos outros clientes não podia perguntar. Lá cada qual tinha a sua mesa. Ali todos tinham mais o que fazer. E ninguém confraternizava de mesa para mesa. Não estávamos, evidentemente, numa pequena aldeia mexicana. Afinal, saí. Pensei todo o dia em Marta. Pela primeira vez pensava em Marta, fora do restaurante. Foi com surpresa, mesmo, que me vi assim, a cada passo, recordando Marta, vagamente preocupado com a possibilidade de nunca mais a ver. *Al fin y al cabo*, como tantas vezes dizia ela, em que é que me interessava o caso? E que importância tinha para mim revê-la ou não? Foi com esse raciocínio que a afastei do pensamento, à noite, e fui assistir um filme de guerra em que os alemães eram de uma burrice impressionante e um *foreign correspondent* engazopava toda a polícia, toda a espionagem e quase todas as tropas de Hitler.

*

Uma semana passou. Um dia, atormentado no escritório, a hora do almoço chegando, senti vontade de comer *chile* com carne. E imediatamente Marta voltou ao meu espírito. Uma espécie de angústia me tomou. Teria voltado? Nem tirei da máquina a folha em que estava escrevendo. Fui ao cabide, apanhei o sobretudo, afrontei apressado uma tempestade de neve. Entrei no restaurante, afobado, procurando. Havia menos gente nas mesas. A loura inexpressiva continuava na caixa. O dono servia. Escolhi demoradamente o meu prato, os olhos no cardápio um longo tempo, pedi *chile* com carne. Sim, Marta devia estar de férias. Marta voltaria. Quase disse comigo: Marta precisa voltar. E tive um estremeção quando ouvi um *buenas tardes* festivo. Era uma jovem que chegava, alegre e ruidosa, saudando Pablo e ocupando uma das mesas. Não, não era Marta.

No dia seguinte, levado por uma força invisível, passei pelo restaurante. Não entrei. Olhei da porta. A sala, como nos últimos tempos, quase vazia. Os fregueses eram novos, quase todos. Continuei, agora francamente agoniado — agoniado por que, santo Deus? — e fui acabar comendo umas lagostas sem sabor no Dempsey.

Por vários dias não pensei, ou procurei não pensar, em Marta. E por que pensar, se nada tinha com Marta, se afinal a conhecia tão pouco e Mabel era tão bonita e beijava tão bem?

Mas de novo a lembrança de Marta me avassalou. Sua voz bonita dava graça ao andar. Deu-me um espécie de *amok*. Lá fui eu para a rua 46 ou 48. Dessa vez, entrei resoluto, muito à vontade, como quem ia apenas comer num restaurante indiferente. Parecia, porém, uma casa estranha, embora sobre as mesas estivessem as mesmas guarnições coloridas, a lourinha fizesse a cada passo barulhentar a caixa registradora, e Pablo me estendesse o mesmo cardápio familiar, com sua voz dura, a mesma dura voz com que tantas vezes afastara Marta de nossas mesas.

Degustei os meus *tamales*. Tomei uma cerveja sem gosto. Várias vezes tive a tentação de interpelar Pablo. Mas ele era telegráfico nas palavras, o olhar enxuto e negro, atenção distraída nos pedidos da clientela.

E como agora eu estivesse positivamente resolvido a saber, e como agora sentisse que era preciso saber – saber por que, santo Deus? – no dia seguinte voltei. Fui para isso ao restaurante. Meus olhos com certeza estavam dizendo tudo. Devia ser assim. Porque Pablo, apenas me viu, veio a mim. E seco e inesperado, antes que eu pedisse um prato ou perguntasse:

– *No viene, no vuelve más!*

Desde então eu fiquei mais assíduo. Nunca mais Pablo me falou em Marta nem perguntei por ela. Mas ele me recebia agora como quem recebe um companheiro, e não um simples freguês.

O NATAL DE TIA CALU

Tia Calu deixara a porta semiaberta, para não correr a todo instante a receber os rapazes. Maria Augusta, sozinha, não daria conta do recado. Eram salgadinhos de toda sorte, delicados pastéis, empadinhas apimentadas, camarões recheados, canapés de salmão importado, caprichosas invenções do seu reconhecido gênio culinário. Entre os presentes recebidos aquela manhã havia dois vidros grandes de caviar. Seriam a surpresa da noite. Cortava, amassava, picava, colocava, com requintes de decoradora, trabalho amoroso e sutil, em que punha a alma. Naquela noite todos viriam! Pela primeira vez todos estariam em sua casa, na doce festa de Natal.

Soaram passos na sala.

— Vai ver quem chegou, Maria Augusta.

A preta espiou à porta, viu um jovem oficial, de malinha na mão, contemplando risonho a grande árvore, fulgurante de luzes.

— Tem um que eu não conheço. Está fardado.

— Fardado?

Seu rosto subitamente se fechou. Tia Calu, em suas festas, não gostava que eles viessem de uniforme e todos sabiam disso. O uniforme era a lembrança viva do perigo permanente, da ceifadora implacável.

Tia Calu, em silêncio, lavou as mãos à torneira, enxugou-as lentamente.

— Você, meu filho?

— Pois é, tia Calu – disse o rapaz, alegre, ligeiramente constrangido. – Tenho que estar no campo às cinco horas. Vou para Assunção. Posso dormir aqui, depois da festa?

— Claro, seu pirata! – disse tia Calu abrindo-lhe os braços, beijando-o na testa.

E já brincalhona:

— Mas quem não trabalha não come e não dorme. Venha ajudar na cozinha, que está tudo atrasado e às dez horas a Maria Augusta vai-se embora. Tem festa também...

O capitão deixou a malinha a um canto, sacou fora o dólmã, arregaçou as mangas da camisa.

— Assim que eu gosto. Soldado enfrenta o inimigo em qualquer terreno. E se adapta... A capacidade de adaptação é tudo...

— Eh! Eh! Eh! – riu Maria Augusta, feliz. Ela gostava daquela rapaziada porque topava tudo, não tinha orgulho. Onde é que já se viu um capitão cheio de medalhas botar pastel na frigideira e ficar todo salpicado de gordura?

— Eh! Eh! Eh! Essa dona Calu tem cada ideia!

Mas já havia rumor novo na sala.

— Ô de casa! Pode-se entrar?

— Rua! – disse tia Calu aparecendo, os claros dentes abertos num sorriso. – Rua! Isto aqui não é casa da sogra! Rua! Rua!

Estava com as mãos cheias de pacotinhos, que os dois lhe passavam.

— Vocês são umas crianças! Pra que essa bobagem?

E colocou, numa alegria de mãe feliz, os pacotes junto ao embrulhinho que o capitão auxiliar de cozinha depositara timidamente sobre um móvel.

— Vocês são impossíveis!

Começou a abrir, ao acaso, um dos pacotes.

— Sabem que hoje não vai faltar ninguém?

— Não diga! — exclamou surpreso um dos recém-chegados.

— Não falta ninguém! O Guilherme chegou hoje do Pará. Já me telefonou. O Oto conseguiu *habeas corpus* da família. Prometeu que vem. E até o Mesquita. Ele me telegrafou de Bagé. Conseguiu licença. Deve estar chegando...

E já dona de casa:

— Vão se servindo. Uísque tem à beça.

— Uísque? Com os preços que andam por aí?

— Ora! Pra que é que a tia Calu trabalha? Não é pra vocês? Sobe o preço do uísque, eu subo o preço das aulas, ora essa! Eu acompanho a marcha do câmbio...

Voltaram-se os três. Dois braços apontavam na porta, cada um terminando por uma garrafa de uísque. Tia Calu sorriu de novo:

— E depois, nem era preciso. Eu trabalho com um corpo incansável de contrabandistas... Eles não falham nunca!

Abraços e gargalhadas festejaram a aparição dos braços e garrafas.

— Gelo é só buscar lá dentro!

Voltou à cozinha:

— Vai fazer sala, capitão de bobagem. Seus companheiros estão chegando. Aqui você serve só para atrapalhar.

Vozes e exclamações festivas animavam a sala.

Duas horas da manhã!

— Um uísque só — pediu o oficial que chegara primeiro.

— Guaraná, capitão. Hoje você é donzela. Também pra que é que foi aceitar serviço para a manhã de Natal? É guaraná, se quiser. Você tem de voar muitas horas. E não amola não, que daqui a pouco eu te ponho na cama...

Tia Calu se mirava amorosa nos doze rapazes. Estavam todos! Não faltava nenhum. Uma juventude magnífica, alguns prematuramente graves, alguns melancólicos, a família longe. O Heitor, um dos bravos da campanha na Itália, fumava muito sério, o copo de uísque na mão esquerda. No mundo, só tinha tia Calu. O único irmão perecera num desastre, dois anos antes, nas margens do Guaporé. Subira num avião obsoleto, que ele sabia sem condições de voo. Dois outros recordavam uma viagem por Mato Grosso, em que o avião caíra. Haviam escapado por milagre. O mecânico desaparecera.

Tia Calu contemplava a sua macacada, como sempre dizia.

— Vocês não podiam respeitar um pouco esta casa? Isto é família, tá bem?

— Ora tia Calu, não chacoalha — sorria um rapaz moreno, de sobrancelhas espessas.

Estava a contar ao amigo a história de uma garota conhecida em Anápolis.

E continuando, já alto de uísque:

— Você não faz ideia! Nunca vi criatura mais clara, cabelos mais louros! Mas louro natural, entendeu? Uma coisa maravilhosa! Custei a acreditar que fosse goiana. A gente sempre acha que goiano tem de ser índio...

— O Lauro era goiano e parecia alemão — disse tia Calu.

Houve um silêncio pesado. Rápido. Lauro caíra seis meses antes. O motor falhara. O avião fora descoberto uma semana depois, quatro homens carbonizados em plena floresta. Tia Calu sentiu um arrepio.

Ouvia ainda as três descargas em funeral, diante da cripta dos aviadores, no São João Batista. Vinte e oito anos.

(— Estou ficando velho, tia Calu. Parece que vou ficar pra semente...)

Tia Calu ergueu o copo de uísque à altura dos lábios. Sorria para o capitão Eduardo:

— Está com inveja, hem, seu boboca? É pra você não aceitar voo em véspera de Natal, tá bem?

O rapaz fez um muxoxo infantil:

— Ora, tia Calu.

— É pra aprender, entendeu? Olha, prova esses camarões... Trabalho de mestre... Duvido que você já tenha comido coisa melhor...

Alguém cantarolava na cozinha, procurando mais gelo.

— Para com essa taquara rachada — ordenou uma voz, ligeiramente engrolada.

Tia Calu se ergueu, dirigiu-se para o interior. Voz tinha o Meira. Estava agora em Pistoia. Tia Calu mordeu os lábios. Meira deixara um filhinho, tinha agora oito anos.

(— O que é que você vai ser quando homem, Vadinho?

— Ué! Aviador, tia Calu!)

Ela já estava na cozinha, um amontoado de bandejas, pratos, panelas, garrafas.

— Puxa! Você não presta nem pra tirar gelo, Simão. Nunca vi cara mais sem jeito! Escorre um pouco de água em cima, que eles se desprendem.

O rapaz olhou-a, atarantado. Tia Calu aproximou-se, em voz baixa:

— Você não tinha arranjado uma colocação no ministério?

— Falhou, tia Calu.

Ela ficou séria, olhando a testa larga, os olhos ingênuos do moço. Fazendo viagens longas, voando em ferro-velho, a mulher esperando bebê. Era o mais imprudente de todos. Na escola, até os instrutores tinham medo de subir com ele. Fora várias vezes censurado, até punido. Adorava os malabarismos no espaço. Ficava possuído, ao subir, de verdadeiro delírio. Dos malucos da turma, dos tidos como malucos, era o único sobrevivente. Por que não tivera ainda a sorte de cair e ficar inutilizado para os voos, arranjando sinecura numa base qualquer, pegando uma promoção, livrando-a daquela agonia permanente?

— Vai ser menino ou menina?

— Pelo jeito, menina

— Graças a Deus — disse tia Calu, arrumando uns canapés.

Voltou para a sala com a bandeja. O grupo cantava, agora, um dos sambas do pré-carnaval. Tia Calu parou à porta, contente de ver aquela sadia despreocupação. Eram o seu orgulho, aqueles rapazes. Caíam como pássaros atingidos em bando, por invisíveis caçadores. Tinham filhos, mãe, esposa, irmãs, gente que vivia em terra, sempre de coração pequenino. Voavam sempre, os nervos de aço, a vontade inquebrantável. Pela primeira vez os tinha todos ao mesmo tempo em casa. Rapazes de escol, exemplares raros de coragem, de saúde física, de saúde moral. Era como se fossem filhos. Nunca mãe nenhuma tivera tantos filhos, tantos filhos tão jovens, tão fortes, tão belos. Pena que não estivessem todos como Carlos. Ah! Antes estivessem! E o coração apertado, pousou os olhos enternecidos em Carlos. Somente Carlos não cantava. Levava aos lábios um pastel de camarão. Uma entrada profunda no frontal, que lhe deformava a cabeça, garantia que Carlos não voaria mais.

Olhou o relógio de pulso.

– Duas e meia, capitão! Berço! Chega de guaraná! Vai dormir! Quer que eu te chame a que horas?

O rapaz, que cantava também, quis protestar.

– Não tem choro não. Vai dizendo boa-noite, dá um beijo na mamãe, vai dormir.

O capitão se ergueu, obedeceu docilmente.

Pouco depois, um a um, o grupo se dispersava.

– Bom Natal, tia Calu.

*

Quando se viu só – o capitão ressonava. Maria Augusta saíra às dez horas, o apartamento em silêncio – tia Calu olhou a sala. Parecia um campo de batalha. Precisava pôr em ordem tudo aquilo, senão Maria Augusta resmungaria o dia inteiro. Começou a reunir os copos numa bandeja. Treze copos, doze de uísque, um dela, e o de guaraná, do capitão que ressonava. Aproximou-se, na mão a bandeja, ficou a observar-lhe o sono vagamente atormentado. A seguir, voltou e, a bandeja sempre na mão, atulhada de copos, enfrentou o retrato do filho na parede principal da sala, medalhas e citações ao lado. Durante toda a noite passara despercebido. Havia como que um acordo tácito.

Tia Calu agora encarava o filho. Depois, os olhos enxutos, agitou a cabeça:

– E pensar que vocês eram 78, tenente, 78!

ASSUNTO

Um companheiro de repartição, misto de espanto, compaixão e maldade, estendeu-lhe o jornal. Antônio Laurindo baixou os olhos para a primeira página. A custo acreditou no que via. Não podia ser! Mas era. Lá estava o retrato, o que mais lhe agradava, de dois anos antes, tirado num piquenique em Paquetá. Era a vítima. Ao lado, o Monstro. Em três colunas também, com uma legenda indignada. Olhou o título. Atravessava a página, de ponta a ponta. "VIOLENTOU A MENOR USANDO DE PROCESSOS BÁRBAROS." Quase sem entender o que lia – o coração batia alto, os dedos tremiam, lágrimas perturbavam-lhe a vista – Antônio Laurindo percorria as colunas cheias de detalhes inesperados, para ele inteiramente novos, pois nada, de tudo aquilo, comunicara à polícia. O jornal, pelo menos, fazia toda a carga contra o Monstro, conhecido industrial que abusara da inocente menor. Pelo menos fazia justiça. Mas antes não fizesse. Porque o fazia à custa de uma publicidade cruel, do retrato para todos verem (como o conseguira?), do nome, do sobrenome, da idade, da profissão, da filiação, da residência, rua, vila, número da casa...

Pobrezinha... Como ficaria humilhada! Bem que ela o previra pedindo-lhe com lágrimas que não fosse à polícia! E bem que a esposa estava certa...

– A desgraça já está feita, meu velho. Agora deixa...

Mas ele não pudera resistir à indignação, ao desejo de vingança, e como não era homem de violências (gente de sua terra teria resolvido o caso a tiro ou faca no peito), correra ao distrito para se valer da justiça dos homens. E chegara a pedir, ingenuamente, ao comissário, que não contasse aos jornais. O homem limitara-se a sorrir. Laurindo pensara que por assentimento... Mas algum repórter ouvira a queixa, com certeza...

Estava Laurindo desarvorado por aqueles pensamentos, a imaginar o que sofreria a filha, ao lhe mostrarem o odioso jornal, quando uma voz quase divertida se aproximou:

— Isso foi com sua filha, Laurindo?

Ele ergueu os olhos para o novo jornal. Sim, tinha sido. Notícia ainda maior. Retratos também. Nome, sobrenome, idade, o resto. Versão já bem diferente. O repórter imaginara coisas. E contando que fora do pai a queixa, punha nos lábios deste, nos lábios de Antônio Laurindo, declarações que absolutamente não fizera.

— Miseráveis! Eu nunca falei isso!

— É calúnia? — perguntou a voz, que Laurindo via agora ser a de uma vítima de acontecimento similar, muitos anos antes.

Não respondeu. Olhou em silêncio a antiga serventuária, letra O, eterno motivo de indiretas de corpo presente ou de pilhérias pelas costas. Ninguém ignorava o seu nome. (BALEADA PELO MARIDO AO SER COLHIDA EM FLAGRANTE ADULTÉRIO. FOGE O AMANTE EM TRAJES MENORES). Também estivera na primeira página vários dias e ainda havia colegas da repartição que conservavam recortes amarelecidos pelo tempo de quando em quando a circular por entre risos e ironias. O Moreira, murcho e calvo, maledicente de profissão, sabia de cor várias reportagens ao estilo da época, recheadas de adjetivação luxuriante e de considerações impiedosas sobre a dissolução dos costumes.

Agora seria ele o alvo daqueles remoques, os colegas iam recortar as notícias. E a coitadinha, em casa, como iria sofrer! Porque as amigas da vila, as conhecidas da rua, as invejosas da fábrica, todas iriam recortar também. E iriam guardar. E não perdoariam nunca. Os antigos namorados se vingariam conservando o retrato, fazendo com ele sabe Deus o quê...

A vila devia estar fervendo. O jornal com certeza já chegara lá. Os dois jornais. Comissário maldito! Ele havia de ter filha e pagaria um dia aquela indiscrição... Pois ele não pedira? Pois não pedira humildemente?

Voltou da meditação agoniada em que mergulhara, sem se levantar da cadeira, o corpo largado, a cabeça pendente, desde que o primeiro colega o procurara. No corredor viu que outros companheiros passavam, todos de jornal na mão. Sentiu que sobre ele convergiam olhares. Havia cochichos. Talvez piadas, talvez pena... Ergueu-se com ódio, amarrotou os jornais, deixou a sala.

— Você já viu, Laurindo?

Outro jornal. Outro colega. Atirou-o, com um safanão, contra a parede.

— Estúpido! — resmungou o homem atordoado.

Desceu a imponente escadaria de mármore, evitando o elevador a cuja porta funcionários e contribuintes faziam fila, de jornal também. Eram duas horas. Correria ao Catumbi. Iria confortar a filha, pedir-lhe perdão. Dessa vez talvez matasse. Mataria o Monstro, como diziam os jornais. Mataria o comissário, que transformara sua filha em assunto. Mataria, se pudesse, todos os jornalistas que tripudiavam sobre a sua miséria. Como fizera aquela imprudência? Casar, ela não podia. O Monstro era casado. Indenização em dinheiro? Que dinheiro lavaria a honra de uma criança? Que dinheiro faria esquecer o escândalo sem proporções? E era justo que os jornais fizessem aquilo?

Chegou à rua. Na calçada, um vendedor, jornais abertos, banca abaixo. Em todos o retrato da filha e o retrato do Monstro. O jornaleiro anunciava:

— Olha o industrial que deflorou a operária!

Um garoto gritava, enquanto dava o troco a um contribuinte que ainda na véspera prometera a Laurindo uma gorjeta, se ele apressasse a marcha de certo requerimento:

— Olha o Monstro que seduziu a menor!

Laurindo baixou a cabeça. Todo encolhido, caminhou a passo de fuga, tapando os ouvidos. Como fora desabar sobre sua vida aquela desgraça? No ano anterior explodira caso idêntico na vila. Os pais haviam dado queixa. Os jornais também haviam falado. (Ele devia ter pensado nisso antes de se dirigir ao distrito.) Mas haviam falado menos. As notícias eram pequenas, sem maior interesse. Talvez por ser a vítima de cor? Vítima, sinônimo de assunto, bem se via. A verdade é que não haviam tripudiado muito. Agora não. Primeira página. Retratos. Todos os pormenores, ainda os mais mentirosos. Por sua filha ser tão linda, talvez? Recordava agora, aos tropeções pela avenida, que os dois jornais descreviam com vagares voluptuosos a beleza estonteante da vítima, com luxo odioso de minúcias. (Ah! Mataria aquele que, só agora se lembrava, falava nos seios dela como se fala de uma artista do Teatro Recreio.)

Ou seria a razão de escândalo maior a posição do Monstro? Talvez fosse aquilo a causa da exploração exagerada. O Monstro era milionário, figura de destaque na sociedade, e estava no ostracismo político. Devia ser essa a chave do segredo. Mas não sofria, o Monstro. Sofria a pobre criança. Como lhe doía pensar na pobrezinha. Era quase de ontem (tinha apenas dezesseis anos, um jornal falara em quatorze), era quase de ontem, o jeitinho dela, tão pequenina, dando os primeiros passos, a carinha suja, as perninhas gordas, os dedinhos miúdos – papai, papai, papai –, cambaleando pela casa humilde.

– Ela vai acabar cantando no rádio! – dizia a mãe orgulhosa, vendo-a com três anos repetir, com uma voz tão entoada, os sambas, as letras obscenas que os microfones disseminavam na preparação do carnaval!

Antônio Laurindo parou atordoado. Dera um encontrão num jornaleiro que entregava a alguém um diário qualquer. Viu o homem caminhar, o jornal aberto na mão, olhar concentrado no assunto, que era sua filha. (Como os bandidos haviam conseguido aquele retrato, Santo Deus?) Teve ímpetos de correr-lhe atrás, de arrancar-lhe o vespertino, de cobri-lo de bofetões. Adiantaria alguma coisa? O retrato estava em milhares de jornais, os jornais circulavam pela cidade, os jornais já deviam, de há muito, ter chegado ao Catumbi. Com certeza na vila também... E a primeira coisa que avultava, a distância, era justamente o retrato.

Que prazer podiam ter os jornais na exposição tão cruel do sofrimento alheio? E como podia aquela segunda edição – só agora o via – publicar um retrato desconhecido da vítima, a chorar, evidentemente tirado aquela manhã? Ah! Com certeza os repórteres lhe haviam passado pela vila, varejando a casa, constrangendo a pobrezinha a posar...

Como numa ironia cruel, Antônio Laurindo se lembrou da frase dela, três anos antes, quando a Araci Ferreira ganhara o concurso de uma estação de rádio. A vila se enchera de carros e repórteres. Os fotógrafos batiam chapas. De Araci sorrindo. De Araci costurando. De Araci cozinhando. Da mãe de Araci sorrindo, comendo e beijando a filha. Da sala. Dos móveis. Até da vila propriamente dita, com os garotos rasgados olhando curiosos todo aquele movimento inesperado. Araci passava a ser a glória da vila e da rua, o ganha-pão da família. Araci, que se mudaria dentro em pouco, de família às costas, para não voltar.

Sua filha trabalhava então num ateliê de costura na rua Haddock Lobo. Ao voltar, quando soubera que os fotógrafos haviam também batido chapas com as amigas de Araci Ferreira, ficara triste.

— Que pena! Por que é que eu fui trabalhar hoje?

E logo a seguir se consolando:

— Mas eu ainda hei de aparecer nos jornais. Garanto que apareço!

Antônio Laurindo levou as mãos à cabeça em desespero.

— Olha o milionário que deflorou a operária!

Não quis ver, mas via. Três colunas! Fez-se de repente pequenino, as mãos postas, olhando o jornaleiro:

— O senhor precisa vender esse jornal?

O homem pareceu não entender bem a pergunta, respondendo:

— Cinquenta centavos.

E estendeu-lhe o diário.

Maquinalmente Antônio Laurindo meteu a mão no bolso, pagou, tomou do jornal.

— Olhe o troco...

Não se voltou. Saiu cambaleando.

— *Ubriaco* — sorriu o italiano para o outro freguês, pondo o troco no bolso.

Um carro, em freada violenta, quase o apanhou. De dentro veio um insulto pesado. Antônio Laurindo olhou, sem reação, continuou caminhando. Pensou na morte de Sócrates, Sócrates Miranda, que morava no 28. Por que não morria ele também? Aí os jornais poderiam fazer com ele o que haviam feito com Sócrates. Não ficaria revoltado como então ficara. Antes a morte mesmo... Mas que ódio sentira, na ocasião. Um ônibus da linha 12 apanhara Sócrates Miranda, pardo, metalúrgico, de 48 anos, casado, com seis filhos menores. Esmagou-lhe o crânio, o crânio apenas. E em quatro colunas um vespertino estampara a fotografia sem se preocupar com o fato de que a mulher e os seis filhos menores poderiam vê-la... E tinham visto.

— Por quê, meu Deus? Por quê?

*

Antônio Laurindo não podia compreender tamanha indiferença pelas pessoas, tamanha obsessão pelo assunto. E no seu caso era ainda mais grave. Com Araci os jornais exploravam a glória tão rara que sorria. No caso de Sócrates, tripudiavam sobre o fim, pelo menos. Agora não, começo: dezesseis anos e o retrato na primeira página.

Antônio Laurindo caminhara a pé até o Catumbi, sem dar pela caminhada. Chegou à vila. Das janelas e portas olhares o seguiam. Entrou em casa. Os jornais estavam sobre a mesa, abertos, largados, espetaculares. Folhas amassadas, picadas distraidamente, caídas no chão. Numa delas, o retrato do Monstro. Começou a tremer de desespero, o ódio subitamente concentrado na causa:

— Se não prenderem esse miserável, eu mato esse Monstro!

Um vulto se movimentou na cadeira, a um canto da sala. Era a vítima. A vítima já não pensava no Monstro. Pensava nos jornais. No nome, no sobrenome, na filiação, no endereço, nos retratos. Sobretudo nos retratos, de tão grande parecença!

Então a vítima se ergueu lentamente, fechou-se no quarto, derramou sobre o corpo meia garrafa de gasolina e riscou um fósforo. "Ateou fogo às vestes", como se diria na manhã seguinte.

Foi sensação, está claro. E grande. Mas já sessenta dias depois, ao deixar o pronto-socorro, só um jornal, felizmente, se lembrava do assunto. Ainda assim muitos leitores olharam com interesse o impressionante contraste: a vítima antes e depois do "tresloucado gesto"...

TIO PEDRO

Eram 25 anos completos, sem notícias do irmão, saído de Baturité para o Acre, ainda moço. Meu pai considerava-o perdido, embora, de raro em raro – nas frequentes evocações familiares –, admitisse, vaga, a hipótese do seu regresso.

Se para meu pai, porém, a possibilidade era vaga, para nós havia certeza, toda uma infância pobre alimentada por aquela esperança.

– Ah! Se tio Pedro voltasse!

O grande sonho tomava corpo nas duras crises domésticas e em nossas pequenas humilhações, na escola ou entre os amigos da rua. Nunca um simples velocípede nos entrara na vida. Os filhos de seu Pascoal, do palacete ao lado, cada um tinha bicicleta. Natal em nossa casa era uma corneta para os dois mais velhos, um tambor para os dois mais novos, com as brigas e os conflitos consequentes. Somente Emília tinha Natal menos amargurado. Não havia irmã que lhe disputasse a boneca. Mas Laura, também na casa de seu Pascoal, tinha boneca de abrir e fechar os olhos, de dizer mamãe, afora jogos de cozinha, piano, coisas de armar. Norma, na esquina, chamava-nos a todos para ver-lhe a cama cheia de presentes. E nos outros lares havia árvores e toneladas de castanhas, nozes, avelãs de Portugal, passas de Málaga, tâmaras do norte da África. Ceia de Natal, em nossa mesa, era apenas rabanada, com os raros pedaços de pão velho que minha mãe conseguia poupar. Ainda me lembro de haver notado, tinha eu onze anos: na repartição matinal do pão, minha mãe saía disfarçadamente com o seu pedaço, para o guardar em segredo. O Natal se aproximava...

Era nessas e noutras ocasiões que avultava a figura do tio desaparecido.

— Ah! Se o tio Pedro voltasse!

Foi lá pelos meus sete ou oito anos que a ausência dele passou a nos encher a existência. Meu pai e minha mãe conversavam com aquela melancolia cheia de pausas longas que era o seu meio de comentar as alegrias, tristezas e problemas do dia. Lera num jornal a história de um cearense que fizera fortuna grande no alto Amazonas, dono de seringais maiores que Sergipe. Em quinze anos de selva erguera todo um fabuloso patrimônio. E ainda possuía fazenda de criação em Marajó, com milhares de cabeças de gado. A miragem de fortunas iguais levara tio Pedro duas vezes ao Acre. E a evocação do mano aventureiro crescia na sala. Desesperado pela pequenez do meio, deixara a fazenda onde o pai vivia de favor, resto de família poderosa, diluída pelo tempo. Fora, desde a primeira infância, ambicioso. Com dezessete anos convencera o velho a deixá-lo partir com uma leva de retirantes. Dois anos depois voltava, trazendo uma riqueza para aqueles tempos: três contos de réis.

— Agora você pode abrir o seu negócio, meu pai.

O velho Trindade de Avelar recebeu o dinheiro, abriu a lojinha e fracassou.

Resíduo de grande família não se ajeita em balcão. Perdera tudo. Pedro recomeçou a falar nos seringais. O pai enfermo rezingava.

— Espere pelo menos a minha morte, meu filho.

O rapaz insistia. Iria buscar novo dinheiro.

— Eu morro pobre e feliz, se você me fechar os olhos — dizia meu avô procurando retê-lo.

— Mas eu volto rico! — tornava Pedro.

Foi assim que, insofrido e inquieto, vendo a inutilidade de argumentar, Pedro resolveu sair sem dar adeus. De manhã encontrou-se vazio o seu quarto, a rede seguira com ele, um bilhete na janela.

Pedro pedia perdão ao pai, pedia a Isaura que rezasse por ele, e garantia que, cedo ou tarde, voltaria rico para salvar a família...

Desde essa confidência, comecei a acreditar na volta de tio Pedro. Era a redenção. Transmiti o sonho aos menores. E em nossas horas de devaneio, tio Pedro — alto e louro — embora meu pai o descrevesse pequenino e moreno —, surgia sempre com uma carteira abarrotada, a distribuir bicicletas, trens elétricos, ursos de pelo fulvo, automóveis quase de verdade...

(— Eu quero uma boneca de dormir, acordar e falar)!

... comprando casa para nós em Higienópolis e dando uma Fiat das grandes a meu pai.

Esquecíamos inúmeras vezes jogos e brinquedos, a pensar em seu regresso. E com o passar dos anos a certeza foi tomando vulto, compensação de fracassos, consolo de frustrações, bolo imaginado em dia de pão sem manteiga, peru em dia sem carne.

— Não faz mal... Tio Pedro há de voltar!

*

Estou revendo. Eram dez horas. Tinha eu treze anos. Meu pai, debruçado sobre a mesa de jantar, fazia a contabilidade de uma pequena firma na qual conseguia uns níqueis extras, enquanto esperava a hora da repartição.

— Carteiro!

Minha mãe deixou as cartas sobre a mesa, apressada. Ia escolher o arroz. Meu pai pôs os olhos distantes nas duas ou três cartas, coisa tão rara em nossa casa, e, bruscamente excitado, abriu depressa um dos envelopes. Tive a intuição de que alguma coisa ia acontecer. Súbito, ouvi-o quase gritar, o rosto transtornado de felicidade:

— Pedro apareceu!

Toda a casa ouvira. Todos nós o rodeamos. Sim, Pedro aparecera, estava em Baturité, um parente mandava a notícia. Meu pai chorava de emoção, mamãe o abraçava, nós saltávamos de alegria.

— Tio Pedro voltou! Tio Pedro voltou!

Quase sem acreditar, meu pai relia a carta, a ver se não estava sonhando.

— Ele voltou, Marina, voltou! Eu sabia, tinha certeza!

— Eu sempre tive fé em Deus — disse minha mãe, solidária com a sua alegria.

Era como se a sorte grande nos tivesse entrado pela janela. Emília me abraçava, Carlos jogava livros e cadernos pelos ares ("eu não estudo mais!"), Eduardo enfiou os dedos num dos buracos da camisa e rasgou-a de alto a baixo.

— Estamos ricos!

Meu pai olhou-o, sem compreender.

— O que é isso, menino?

— Estamos ricos! Estamos ricos! — berrava o coro infantil.

— Vou ganhar a minha bicicleta! — bradou Carlos.

— Eu quero um trem elétrico! — disse Eduardo.

— Eu só aceito boneca se for do meu tamanho! — disse Emília.

Meu pai atalhou as expansões:

— Vocês estão loucos! Isso até é ridículo! Deixem disso!

Minha mãe explicou:

— Eles sonharam a vida inteira com a fortuna de tio Pedro...

Foi quando meu pai atirou o balde inesperado de água fria:

— Pobre Pedro...

Todos nós o olhamos com ansiedade. A carta foi lida em voz alta. Pedro voltava com o olho direito cego pela catarata, que já começava a tomar conta do esquerdo. Passara por todas as doenças da Amazônia. Fizera a caminhada a pé, praticamente desde Fortaleza, onde tentara embarcar sem passagem, expulso do trem na primeira estação.

E só agora caindo na realidade:

— Ele fraquejou com a doença, coitado. Veio morrer com a família. Não sabia nem da morte de papai, nem de Isaura, nem da minha vinda para o Sul...

*

Passado o primeiro choque, a suprema desilusão de nossas vidas, nós começamos a amar tio Pedro, tão pobre e desamparado, tão cheio de agonias na selva! Quando vimos meu pai ir à Caixa Econômica retirar suas humildes economias, completadas com um pequeno empréstimo, para mandar buscá-lo no sertão, tivemos uma alegria quase tão grande quanto a da primeira notícia. Afinal teríamos conosco o tio aventureiro, que vivera 25 anos entre os jacarés dos rios escuros, matador seguro de onças, a enfrentar na floresta os índios comedores de gente. Quantas histórias teria a contar! E seus feitos na mata, lutas com antropófagos, caçadas espantosas, enchiam a nossa imaginação e nós já contávamos aos amigos façanhas pré-fabricadas pelo nosso entusiasmo de sobrinhos, que nos enchiam de prestígio na rua.

— Conta história de teu tio — me pediu certa vez uma garota, filha de pai com automóvel, que antes nunca me dirigira a palavra.

— Quando chega teu tio? — perguntavam todos.

E só aquela expressão — "teu tio" — já nos fazia felizes. Era o primeiro em nossa vida. Sem parentes em São Paulo, tia Isaura morta aos 25 anos, de amor infeliz, minha mãe do Recife, onde meu pai a conhecera, de viagem para o Sul, e onde a fora buscar no primeiro aumento de ordenado, era com inveja que víamos, pelas casas vizinhas, as grandes reuniões de domingo, com macarronada na mesa comprida e os filhos casados chegando com a turbulência dos netos para alegria da vovó fazedora de *pasta asciutta,* numa confraternização barulhenta de filhos, primos e netos. Em nossa casa éramos nós, só nós mesmos, sempre nós, sem macarronada e mesa grande. Não vinham primos de outros bairros, ou mesmo do subúrbio, não vinham os tios que mandavam buscar, na venda mais próxima, garrafas de guaraná ou soda limonada. Agora não. Agora havia um tio. Tio Pedro já devia ter recebido o dinheiro, já tomara o trem em Baturité, possivelmente já tomara o vapor em Fortaleza. A família crescia. Havia mais um Trindade de Avelar, que meu pai e nós éramos os últimos Trindade de Avelar deste planeta, segundo costumava dizer.

*

Todos não seria possível. Mas, ao desembarcar, tio Pedro devia conhecer, pelo menos, um dos sobrinhos. Justo seria que fosse o mais velho. Eu. Meu pai discutia o caso. Vi que o problema era a despesa.

— Mas trazer o Pedro de segunda? — perguntou ele, chocado.

Minha mãe, nesses momentos, tinha os seus rasgos de bom humor, temperado na adversidade:

— Mas já é um progresso. Ele não vem de terceira?

Meu pai riu e lá partimos, na manhã seguinte, para Santos. Chovia ao sairmos de casa, choveu durante a viagem.

— Vá contando os túneis, meu filho.

Única distração que restava. As vidraças descidas, embaçadas, a água escorrendo, não me era possível acompanhar a sucessão de desfiladeiros, precipícios, pontes sobre abismos, curvas imprevistas.

Santos estava sob um daqueles aguaceiros de verão. Saímos a pé para as docas — era perto — o calçamento tortuoso a empapar-nos os sapatos, a calça de papai redonda de chuva.

— Coitada de Marina. Passou ontem esta calça... Guarda-chuva de hoje não adianta nada...

Um vapor se aproximava:

— Será aquele, papai?

Ele não falava mais, o guarda-chuva inclinado, os olhos ansiosos postos no vapor da Costeira, que me parecia um *Titanic*, o único tema que, nas conversações paternas, disputava a primazia às conjeturas sobre o destino do irmão.

— O *Titanic* era muito maior do que esse, papai?

O vapor se aproximava. A chuva caía. Meu pai enxugava os olhos:

— Esta chuva!

Já de longe, de bordo, passageiros agitavam lenços. Ao meu lado alguém reconheceu alguém.

— Olhe o Pedro!

Estremecemos. Era um homem alto e louro, bem-vestido, na primeira classe, a mão festiva no ar. Alguém o saudava ao nosso lado.

Os olhos de meu pai procuravam na terceira, cheia de gente apagada, sem parente esperando. Súbito, sua voz se enroscou na garganta.

— Lá está ele, meu filho!

Adivinhei quem, no meio de tantos. Era uma coisa pequenina, humilde, o cotovelo na amurada, a cabeça na mão.

*

— Tem muita onça no Acre? — perguntei, rompendo o longo silêncio.

Tio Pedro voltou para mim o olho já meio invadido pela catarata.

— Assim, assim.

Fora longa a viagem e praticamente só falara meu pai. Exuberante de felicidade, exuberante por temperamento, sua catadupa de palavras e perguntas quebrava-se contra as reações cansadas do irmão. Meu pai o abraçara em frenesi, a voz embargada, os olhos cheios de lágrimas. Tio Pedro deixara-se abraçar molemente. Em tudo era o contraste. Meu pai, claro e sanguíneo, ele de um moreno sem vida. Meu pai, alto, ele baixinho. Um, vibração. O outro, sorriso no canto dos lábios, quase irônico.

— Afinal Pedro, afinal!

Ele se voltou para mim, como se já contasse comigo:

— Menino seu?

— O mais velho! São cinco! Forma-se daqui a dois anos, no Ginásio do Estado!

— Ah!

E passou na testa molhada o lenço encardido, de um amarelo e roxo berrantes.

— Eu sempre esperei este dia! Sabia que você voltava, sabia!

Tio Pedro sorriu.

— Chuva da peste! Vem chovendo desde Vitória!

E assim estranho e sem entusiasmo, deixara o armazém, acompanhara-nos à Estrada de Ferro ("deixe o baú que eu carrego"), embarcara conosco.

— Então Isaura morreu... — disse de repente, no apitar do trem.

Meu pai contou, com longas minúcias, o triste fim da irmã. Os olhos sem vida de tio Pedro pareciam indiferentes à narrativa.

— Pai eu esperava — disse por fim.

— É exato. Estava com 67, quando você partiu...

*

Era apenas o trem. Apitando, roncando, bufando, estrada acima. Um passageiro se ergueu, pediu licença para baixar a vidraça. Chuva pela janela. Tio Pedro agitou levemente a cabeça, meu pai concordou, solícito, fez questão de baixar o vidro, se escusou constrangido.

— Desculpe, eu não tinha notado.

E feliz:

— É meu irmão que volta do Acre! Passou 25 anos nos seringais!

O desconhecido fez um cumprimento de cabeça, agradeceu.

— 25! — repetiu papai.

Tio Pedro começou a preparar um cigarrinho de palha. O outro sentou-se, ligeiramente risonho, fiquei envergonhado com a indiscrição de meu pai. Quem é que tinha alguma coisa com a vida de tio Pedro? Devia ser esse, por certo, o seu pensamento.

Mas já meu pai voltava ao que lhe parecia o mais importante, assunto de longos colóquios em casa.

— Olha, Pedro, eu tenho um amigo que é enfermeiro da Santa Casa. Ele me prometeu arranjar operação de graça para a sua catarata.

— Hem?

— Para a catarata. Isso é coisa curável. A operação é simples. Você vai ficar bonzinho, garanto.

— Será?

Novas expansões de meu pai. E o trem subindo a serra, os túneis de novo... os quilômetros vencidos, a aproximação de São Paulo. Chovia sempre.

— É verdade que jacaré põe ovo? – perguntei, para puxar assunto.

Os olhos mortos, a voz fria, tio Pedro falou:

— Quando é fêmea.

Restavam-lhe um dente em cima, dois embaixo.

*

Parecia uma sombra pela casa. Os passos não se ouviam. As palavras também. Sentava-se a um canto, silencioso, o cigarrinho de palha na boca, uma ou outra cuspinhada no chão, algo chocante na casa sem empregadas, onde só quem fumava era eu, às escondidas.

Mas a sombra enchia a casa, envolta em carinho. E as atenções de minha mãe, a exuberância de meu pai e a constante curiosidade dos sobrinhos deviam constranger aquele pobre homem solitário, incomodado agora por tanto conforto ausente 25 anos de sua vida.

Os risos, os jogos, as disputas infantis, a que estava desabituado, provocavam nele vagos movimentos de reação, logo controlados, os olhos quase inúteis voltados lentamente para a turbulência inesperada.

Depois, encolhia-se, os dedos trêmulos conduzindo à boca o cigarro quase sempre apagado.

E remergulhava no vazio.

*

Eu pouco lhe falava. Seus monossílabos eram para mim blocos de gelo. Os menores, porém, a cada passo, voltavam com perguntas novas.

— Quantas onças o senhor já matou, hem, tio Pedro?

— O senhor viu índio comer gente?

— O senhor viu alguma sucuri engolindo boi?

— Então não tem leão no Amazonas?

A secura sistemática das respostas nunca me permitiu compreender como conseguira meu pai tantos detalhes sobre a vida do irmão nos seringais, verdadeiro romance contado aos amigos e vizinhos, que chegavam tangidos pela curiosidade. Tio Pedro sempre imóvel (só de raro em raro o cigarro levado aos lábios, empestando a casa), parecia não ouvir as narrativas das quais era o distante herói indiferente.

— Não foi assim, Pedro?

Ele confirmava com um movimento de cabeça, às vezes com uma ligeira tosse.

E todos ficavam, todos ficamos sabendo o que fora a sua escravidão nos seringais, os muitos anos passados no Javari, no Jamundá, no Purus, prisioneiro da floresta e dos patrões, devendo no barracão a farinha, a cachaça, o charque, a pólvora, o feijão, tudo cobrado a preço de sangue, a dívida crescendo, ele roubado no peso da borracha, roubado nos lançamentos, dívida se avolumando ano após ano e a obrigação de ali ficar até satisfazer o compromisso impossível. Os duros meses na palhoça perdida, longe de qualquer homem branco, índio só aparecendo na ponta da flecha, sem ouvir palavra humana, saindo às quatro da manhã, pela estrada da seringa, a sangrar as árvores, a espingarda a tiracolo, a colheita do látex nos baldes, a defumação da borracha em cuja venda seria furtado. E a história dos seringueiros mortos por haver fugido sem pagar a conta do barracão. E as doenças, as feras, a necessidade de poupar munição, os dias de fome, a febre que subia dos charcos, o baço inchado, as feridas bravas, as formigas. As de fogo. As tocandeiras. A saca-saia. Vinha aos milhões, afugentando gentes e animais, desvairada e cega, subindo por árvores, casebres e pessoas. Ai da criatura cercada pelo exército em marcha. Era despir-se e esperar que o bando passasse. Qualquer movimento representava milhares de ferroadas venenosas. E os seringueiros matando e morrendo por uma velha sem dentes. E aquela briga de morte com o turco do regatão que o embebedara e o roubava num carregamento de borracha às margens do Jamundá. E as onças, mortas no terçado, em luta feroz, tão poucas para a nossa imaginação. E a sua liberação final, caso raro nas selvas, fruto da quase cegueira que o tornava improdutivo, resto de gente transformado em peso morto, dívida perdoada pelo impossível do pagamento, aliás coberta muitas vezes com os descontos parciais.

As histórias atraíam gente à nossa casa. Nós pendíamos de emoção dos lábios de papai, quase sem acreditar que se tivessem passado com tio Pedro e sem compreender como as havia arrancado à sua permanente mudez.

Mas era tal o interesse despertado e os vizinhos olhavam com tamanha admiração aquele homenzinho taciturno, que o nosso entusiasmo renascia.

— Tio Pedro, conta a história da briga com o turco.

Seu resto de olho esquerdo se voltava:

— Pede a teu pai, menino. Ele conhece...

*

Meu pai entrou como um pé de vento.

— Pedro! A operação vai ser amanhã!

A alegria foi mais nossa que dele. A perspectiva de sua imobilidade silenciosa, para o resto da vida, ora na salinha de visitas, ora na de jantar, outras vezes no quintal, já nos começava a malferir.

— Vão brincar lá fora! Deixem seu tio em paz.

*

E ainda havia o cigarrinho de palha. Minha mãe tinha singular aversão pelo fumo. Meu pai também.

— Dia que eu pegar filho meu fumando (e eu estremecia...) dou-lhe uma surra que ele nunca mais se atreve a pôr cigarro na boca!

Dizia meu pai. Minha mãe repetia. E quando eu via o velho tirar do bolso todos os dias os seus níqueis modestos...

— ... Para os cigarros, Pedro.

... Sentia uma verdadeira revolução em processo. O irmão era todo um mundo que ressuscitava. Reabilitar aquela criatura, compensá-la dos longos sofrimentos, devia ser o seu sonho.

Uma noite surpreendi a conversa:

— Com certeza foi a solidão dos seringais que o pôs assim. Pedro, quando rapaz, falava por todas as juntas.

Seus longos silêncios, seu alheamento, nos enervavam. Sobretudo, o lugar ocupado. A operação faria dele um homem de novo. Sairia.

(— Passear para que, Inácio? Eu não distingo quase nada...)

Sim. Ele então poderia sair. E naturalmente arranjaria emprego, chegaria só à noite, como o dono da casa.

*

Oito ou dez dias depois, estava de volta. O milagre se realizara. Vinha bom de um olho. Agora restava esperar que a nuvem do olho esquerdo se completasse para a nova operação. Mas com a vista boa já era diferente. Parecia mais satisfeito. Encarou-me, quase surpreso:

— É louro, Inácio! Eu tinha tido essa impressão. Deve ser do lado da mamãe.

— Ah! Do lado dela todos eram louros. A gente olhava, parecia ver um inglês...

— Holandês — explicou tio Pedro. — Eles deixaram muito sangue no Nordeste. Gente da peste...

Eduardo veio chegando, encantado com a loquacidade do tio:

— Agora que o senhor enxerga a gente, o senhor conta história de índio?

Ele sorriu de novo:

— Mas seu pai já não contou tantas vezes, meu filho?

— Ah! Mas nós gostamos contado pelo senhor...

Tio Pedro puxou a palha, picou o fumo, começou a preparar o cigarro. Minha mãe se afastou discretamente. Meu pai fingiu não ver. As crianças recuaram. O mata-rato empestava tudo.

Já nos havíamos esquecido daquele detalhe. Minha mãe vivia a abrir as janelas, arejando a casa. Tudo parecia impregnado daquele pesado odor de fumo barato, que eu sentia até nos cigarros de papel cedidos pelos meus amigos, nas horas em que o vício chamava. Dois dias depois de estar ele no hospital, ainda a horrível emanação parecia pegada aos móveis e paredes. Voltava o castigo.

E como tio Pedro, apesar da parolagem inicial, voltasse logo aos longos silêncios e permanecesse como estátua no seu canto, horas e horas, dias e dias, e não falasse em ganhar a rua e só com relutância tivesse saído com meu pai, para conhecer a cidade, e não se pudesse falar em emprego...

(— Fazer o quê? — dizia meu pai à minha mãe. — Fazer o que na cidade, se ele viveu sempre na floresta?)

... Compreendemos que tio Pedro estava ali para ficar e ficaria sempre, impassível e de cigarro na boca, apenas com a vista a nos seguir, entre curiosa e contrariada, que antes raramente ele se voltava para nós.

— Que cheiro desgraçado! — disse eu.

— Puxa! — confirmou Eduardo, me olhando. — Ninguém aguenta esse cheiro.

— Cheiro? Isso é fedor — disse Emília.

Tio Pedro permanecia tranquilo, todo o esforço concentrado em chupitar o cigarro, que outra vez se apagou.

Nós continuávamos na sala, a olhar de soslaio.

— De que será esse cheiro tão ruim que anda na casa? — perguntou Eduardo.

— Sei lá! — disse eu.

Minha mãe vinha chegando. Disfarçamos.

— Você quer um cafezinho, Pedro?

— Não se incomode — falou ele. — Tem um jornal aí, pra gente ler?

E recebendo um exemplar do *Correio Paulistano*:

— Já estou lendo, Marina! Imagine!

— Graças a Deus! — disse minha mãe.

Nós havíamos reaparecido na sala. Tio Pedro folheava o jornal. Lia os títulos com interesse.

— Abre a janela, Eduardo. O fedor continua...

— Antigamente, não tinha esse cheiro, não é? — disse ele, dirigindo-se para a janela, observando o tio.

— É, antigamente não tinha.

Tio Pedro parecia ver apenas o jornal.

E a partir desse dia, sempre que os velhos estavam longe, as indiretas foram tomando corpo e audácia, estimuladas pela sua absoluta indiferença. Parecia surdo. Já o seu olho bom não nos procurava. Ele agora fumava e lia, simplesmente. Seus únicos movimentos eram para levar o cigarro à boca ou voltar a página do jornal. As alusões tornavam-se cada vez mais constantes. Se a janela estava fechada corríamos a abri-la, com protestos cada vez mais ferinos. Se estava aberta, alguém fazia menção de fechá-la, ou por causa do frio, ou por causa da chuva.

— Deixa que chova. Se não, a gente morre com essa fedentina.

E como tio Pedro continuasse impassível e distante, foi com surpresa que o vimos certa noite responder a meu pai, que estranhava não ter ele pedido dinheiro para cigarro, nos últimos dias:

— Não convém, Inácio. Empesta a casa.

— Ora que ideia! — disse meu pai, dando-lhe o dinheiro, o olhar desconfiado posto em nós.

O olhar nos conteve algum tempo. Aliás, desde esse dia tio Pedro passou a viver no quintal, perto do galinheiro. Nunca mais fumou dentro de casa. A princípio minha mãe estranhou, chegou a perguntar por que ficava lá fora.

— Eu gosto do ar livre. A casa é quente. E depois, eu não quero atrapalhar você... O dia inteiro sem empregada...

Já quase não víamos tio Pedro, a não ser nas refeições. Mas saber que ele estava lá fora, só aquilo nos irritava. Ele tomara conta do quintal. Foi quando as chuvas tornaram. Tio Pedro reentrou em casa. Continuava no seu mutismo, apenas quebrado à noite ou de manhã, com a presença de meu pai, que lhe arrancava opiniões e confidências, quase a ferro, e lhe contava longas histórias da repartição. Para fumar, tio Pedro se afastava por momentos, voltava com cheiro forte do tabaco barato. Mais do que o cigarro, porém, sua presença nos exasperava. Ele nos roubava a liberdade de ação, por calado que estivesse. Sua indiferença talvez nos irritasse mais que qualquer interferência de sua parte. O canto em que se refugiava era sempre, exatamente, aquele em que nos apetecia brincar. E com a intenção inconfessada de perturbá-lo, principalmente quando lia (meu pai comprara-lhe o *Roldão amoroso*, livro que os embalara na infância), inventávamos jogos mais turbulentos, com gritos e correrias incríveis. Lendo com dificuldade, a concentração impossível, tio Pedro esboçava ligeiros movimentos de impaciência que nos deleitavam. Por fim, sem palavra, erguia-se como se não fosse por nossa causa, com jeito disfarçado, caminhava pela casa, ia à janela, voltava, escondia-se noutro canto e recomeçava a leitura. Exatamente o recanto onde, agora, o brinquedo chamava...

*

— Mamãe, agora a senhora está dando menos pão pra gente! — protestou Eduardo.

— Tenha modos, menino!

Tio Pedro passara a ser uma boca a disputar-nos a comida. Carlos fora o primeiro a notar que a fatia de pão vinha menor. Eduardo traduziu-lhe o pensamento, no primeiro café da manhã. Daí por diante a conspiração tomou vulto. Todos começaram a lamentar-se. A comida era pouca. Estávamos comendo menos. E as indiretas e provocações cresciam em ferocidade. Saíamos da mesa sempre de barriga vazia.

— Também, tem gente nesta casa que só faz comer...

Claro que nem meu pai nem minha mãe estavam perto. Mas tio Pedro estava.

— Eu não me queixo de fome, papai é pobre, tem muita gente a sustentar...

— Que pena papai não ser rico, hem? Assim ele podia mandar buscar todos os parentes no Ceará... Lá diz que eles passam fome, coitados...

Na mesa, minha mãe preparava os pratos. Fazia o de Pedro, o de papai, depois os nossos. O último servido protestava:

— Eu não disse? Pra mim mal chegou...

Meu pai fuzilava com os olhos o insolente.

— Se você disser mais uma palavra, fica sem janta!

— Eu não disse nada, só disse que a comida não chegou...

— Quieto!

Com variantes, a cena frequentemente se repetia.

— Eu quero mais feijão, mamãe.

— Acabou...

— Eu sabia... agora a comida não chega.

— Saia da mesa, menino! — ordenava meu pai.

A situação ficara insustentável. Meu pai conseguira, a poder de chineladas e castigos, pôr termo às alusões ferozes, que o constrangiam diante do irmão e o faziam sofrer, sabendo que o outro sentia a humilhação em carne viva. Nossa vingança era pôr a farinha bem longe de tio Pedro, elemento indispensável à sua dieta frugal de sertanejo e única iniciativa que tomava na mesa, nos últimos tempos: estender a mão à farinheira. Por isso, havia sempre algum de nós que, passando pela mesa posta, antes da chamada geral, apanhava a farinheira e a colocava bem longe da cadeira dele. Sentíamos a sua angústia. Ele hesitava...

— Está querendo alguma coisa, Pedro? — perguntava minha mãe.

E ele, tímido:

— Tem farinha?

— Claro! Passa a farinheira, Carlos.

O garoto primeiro se servia lentamente, só depois passava.

Se nem minha mãe nem meu pai notavam, a angústia de tio Pedro redobrava, até que ele se atrevia a pedir, a voz trêmula:

— Me passa a farinheira, Inacinho.

Eu antes me servia também.

A batalha terminou quando meu pai foi um dia chamado por tio Pedro, a um canto:

— Inácio, eu estava pensando em voltar.

— Para o Acre? Você está doido!

— Pra Baturité.

— Por quê? Você não está contente aqui? Eu queria que você ficasse comigo o resto da vida...

— Eu aqui incomodo, Inácio. A casa é pequena. Eu dou muito trabalho a Marina.

— Pelo amor de Deus, Pedro, Marina faz gosto em ter você aqui!

— Mas eu preferia morrer lá no sertão... Não sou homem de cidade...

A custo meu pai o convenceu a ficar. Mesmo porque não lhe poderia pagar a passagem de volta. Aquela manhã perdera o biscate do armazém.

Nesse dia, meu pai nos chamou à parte e falou com gravidade inesperada. Moeria de pau o primeiro que faltasse com o respeito a tio Pedro. Não permitiria novas provocações. Ele havia notado. Aquilo era uma vergonha. Pedro era o único irmão. Gostaríamos que nos acontecesse o mesmo? Envelhecer, ficar doente, ser recolhido por um irmão e ter os sobrinhos a azucrinar-lhe a cabeça, a humilhá-lo, a atormentar-lhe os últimos dias?

— Mas nós não fizemos nada! Ele se queixou da gente?

— Pedro nunca faria isso. Mas eu tenho observado. Se ele me falar outra vez em voltar para o Norte, eu já sei. Aí a conversa é comigo...

*

— Mas que trabalho você pode fazer, Pedro? Você ainda não está em condições...

— Eu faço qualquer coisa.

— Espere pelo menos a outra operação.

Mas tio Pedro fincou pé. Só ficaria no Sul se pudesse trabalhar. Dera um duro a vida inteira, não se acostumaria àquela indolência. Não era doutor, não podia trabalhar em escritório. Serviço de fábrica não conhecia. E a meia cegueira atrapalhava. Mas qualquer coisa faria. Mesmo porque não desejava passar o resto da vida dependendo do irmão.

— Eu sempre lutei sozinho, Inácio. Veja se você me arranja algum trabalho.

Em parte, a decisão resultava do gênio independente que o levara ao Acre duas vezes. Mas, numa grande dose, devia ser provocada por nós.

— Coitado de papai. Ele acaba sofrendo do coração como seu Conrado. Sustentar oito pessoas...

— É duro, não? Oito pessoas!

— Eu acho que vou deixar o grupo. Vou trabalhar pra ajudar a casa...

— Mas você só tem dez anos...

— Alguém precisa trabalhar, ora essa! Sozinho papai não aguenta...

— Ainda bem que mamãe não tem medo de fazer força... Lava, cozinha, costura e ainda serve a mesa...

— Ela sabe que tem de ajudar papai. Imagina se ele ainda tivesse de cozinhar... Graças a Deus mamãe não gosta de viver no mole...

*

Como houvessem falhado várias tentativas de meu pai, empenhando-se com o chefe da repartição, falando com amigos, certa manhã tio Pedro se arrumou o melhor que pôde e saiu para a rua.

— Onde você vai, Pedro?

— Ver se consigo serviço.

Procurou vários dias. Voltava estropiado, roxo de frio, os lábios rachados. O inverno chegara, atroz inverno paulista para os seus 25 anos de seringal, sem roupa adequada. Seu desespero se avolumava, dia após dia.

— Mas por que essa preocupação, Pedro? Você pode esperar!

— Homem como eu não fuma de esmola...

— Mas nós somos irmãos!

— Você já fez muito por mim.

E de manhãzinha tio Pedro saía de novo. Correra todos os armazéns da vizinhança. Pedira em vários botequins. Batia pé o dia todo.

Tão sincero sentíamos o seu desespero, o seu desejo de trabalhar, e tão vencido chegava ("passe pomada de cacau nos lábios, Pedro, isso é do frio..."), que uma ponta de remorso começava a nos inquietar.

Um dia o surpreendi fumando e falando sozinho.

Quando contei a Eduardo e Carlos o que ouvira, os dois se alarmaram também. E se tio Pedro se matasse? A culpa seria nossa. "Ateou fogo às vestes..." – dizia um título no jornal largado sobre a mesa. Apanhei, trêmulo, o *Correio* e dei com outro título: "Bebeu creolina a tresloucada jovem". Deixei cair o jornal, fui à cozinha, apanhei o vidro de creolina que lá se encontrava e o despejei, inteiro, no quintal.

Aquela ideia nos apavorava. Que seria de nós? Que seria de papai? Qual não havia de ser o seu desespero, se o irmão tão amado e tão longamente esperado viesse acabar com a vida, por suas próprias mãos, debaixo do seu teto? E não seria por nossa culpa?

— Tio Pedro, o senhor não quer farinha?

— O senhor não gosta de farinha torrada? Mamãe prepara...

Agora nos multiplicávamos em atenções, como nos primeiros tempos, e o olhar aprovador de papai nos envolvia.

— É verdade, tio Pedro, que o senhor preferia brigar com onça de terçado, pra não gastar munição?

Ele nos olhava, sem entender a diferença no tratamento, sempre desconfiado. Já não havia mais pontes. Quando saía pela manhã, ficávamos de coração apertado. E se ele se jogasse embaixo de um bonde? E se ele se atirasse do Viaduto do Chá? A verdade é que a sua volta à noitinha (muitas vezes não aparecia para o almoço) representava para nós quase uma festa, alívio grande na alma.

— Usa aquele sobretudo velho de papai, tio Pedro. Esse frio faz mal...

Até que um dia, pela hora do almoço, ainda meu pai não saíra para a repartição, tio Pedro apareceu, transfigurado.

— Que aconteceu, Pedro? Arranjou alguma coisa?

A alegria encheu a casa.

— Para começar quando?

— Esta madrugada.

— Com esse frio?

— Quem é pobre não escolhe trabalho nem impõe horário...

— Mas onde?

— Na Limpeza Pública.

Ficamos gelados.

— Você vai ser... lixeiro? – perguntou minha mãe, horrorizada.

— Ajudante – respondeu tio Pedro.

*

A desonra descera sobre a nossa casa.

— Ele ia voltar milionário – disse Eduardo, depois de uma longa pausa.

— Mas como é que papai consente uma desgraça dessas?

Minha mãe vinha entrando, ouviu, enxugou as mãos no avental.

— Vocês não queriam tanto que seu tio trabalhasse?

— Mas em coisa decente!

— Todo trabalho é decente.

— Mas papai não devia deixar!

— Vocês não conhecem o Pedro. Quando resolve uma coisa, ninguém muda a cabeça dele. Inácio já procurou convencê-lo. E depois, trabalho não envergonha ninguém.

— Mas em que rua ele vai trabalhar?

Pensávamos na vizinhança, nos nossos amigos. Que diriam de nós, se vissem chegar o carroção da limpeza e descer dele, de uniforme rasgado, imundo e malcheiroso, para recolher o lixo, *o nosso tio*?

Pobreza não fazia mal. Não poder usar ainda calça comprida, não tinha mais importância para mim. Andaria mais dois anos de calça às vezes por cima do joelho. Não ser filho de negociante forte, como os garotos de seu Pascoal, passava. Não ser filho de médico dono de automóvel, consultório em casa e na rua Direita, como o Guálter, entenda-se perfeitamente. Coisas da vida... Mas um tio lixeiro, nunca! Era castigo demais!

Mas tio Pedro, o senhor não pode trabalhar de madrugada, com esse frio! O senhor acaba apanhando uma pneumonia!

— Deus sabe o que faz... Quem destina é Ele...

E acendendo o cigarro, dessa vez feliz, pela primeira vez feliz, desde o seu desembarque em Santos, tio Pedro se dirigiu ao quarto de empregada, onde morava.

— Preciso tirar uma soneca. Esta noite eu começo...

*

— Será que alguém viu quando ele entrou?

Não saíramos à rua aquela manhã, esmagados pela grande vergonha. Graças a Deus tio Pedro ia servir no Bom Retiro. Tivera aquela delicadeza: pedir serviço noutro extremo da cidade.

Mas a volta dele é que nos enchia de horror. E se o vissem chegar? Toda a rua ficaria sabendo. Tio lixeiro... o do Amazonas... O que matava onças... O terror dos índios tucanos... A menina de pai com automóvel me votaria ao desprezo:

— Olha: manda teu tio recolher o lixo mais cedo. A lata ainda está na porta de casa...

Mas felizmente ninguém vira. Da janela, escondidos, observávamos a rua. A que horas voltaria? Foi com terror que vimos os filhos de seu Pascoal brincando na calçada. Um deles, sem nos ver, nos chamou para a brincadeira de sempre, que tanto nos interessava. Respondemos, sem abrir a janela:

— Só depois do almoço. Estamos estudando... Mamãe disse que não é hora de brincar na rua.

Para ventura nossa, dona Assunta chamava os filhos.

— Ei! Estudar, pessoal!

Mas já o Guálter apanhara a bicicleta e praticava acrobacias na calçada.

— Ah se o tio Pedro volta agora! Ele vê e sai falando...

Mas Guálter perdeu o equilíbrio e se machucou, recolhendo a bicicleta.

— Olha: não tem ninguém na rua nem nas janelas. Ele podia chegar agora...

E nada.

Por fim, o avistamos a dobrar a esquina. Fugi do posto de observação, envergonhado. Carlos e Eduardo também. Joãozinho, muito pequeno, desconhecia a tragédia. Choramingava, o nariz escorrendo. Só Emília ficou.

— Alguém viu quando ele entrou?

— Parece que não.

O martírio e a humilhação prolongaram-se por vários dias. Se alguém descobrisse, estaríamos liquidados. Isolados, quase por completo, da vida que nos chamava na rua, só depois de haver ele entrado, muito depois, saíamos ressabiados, procurando nos olhos dos outros a aterradora descoberta.

Mas ninguém parecia ainda ter dado pela nossa desonra. Até que um dia um garoto da esquina me perguntou:

— É verdade que teu tio está trabalhando?

— Não. Ele não precisa. Papai garante. Ele ainda tem de fazer uma operação...

— Mas eu vi ele com roupa de lixeiro...

— Ah! Esquisitice dele. Comprou porque parecia com roupa de seringueiro...

*

A solução seria desencorajar tio Pedro. Cansá-lo. Conduzi-lo à desistência. Falar nos riscos, nos inconvenientes, no frio da madrugada, jamais o demoveria. Quem tinha 25 anos de solidão na mata virgem não se abalaria por tão pouco. Aqueles eram os argumentos de meu pai, que só via os perigos, nunca a humilhação. Parecia até orgulhoso da fibra por ele mostrada:

— Homem que é homem não rejeita serviço. Minha gente foi sempre assim...

O caminho era outro. E como ele tinha de dormir durante o dia, para enfrentar a madrugada fria e longa, até as primeiras horas da manhã, resolvemos não o deixar dormir. Gritos e correrias à sua porta, sempre que não estávamos na escola. E quando saíamos, dávamos o tambor a Joãozinho.

— Escuta, vai tocar na porta de tio Pedro. Ele gosta...

Mas tio Pedro tinha um sono de pedra.

*

Ou ninguém notara, ou tinham pena de nós. Porque, excetuado o garoto da esquina, jamais ouvíramos referência ou qualquer alusão à desgraça que caíra sobre a nossa casa. Mas vivíamos com a espada sobre a cabeça. A qualquer momento explodiria a revelação arrasadora.

Afinal, em certa manhã de garoa que entrava gelada, pelos ossos, tio Pedro apareceu em casa (ninguém vira? parece que não) tremendo de frio, os lábios roxos, os olhos em fogo.

— Você está sentindo alguma coisa?

— Um frio por dentro. Uma pontada no peito.

E escarrou cor de tijolo.

Alarmada, minha mãe foi preparar um café, oferecendo-lhe antes um cálice de vinho do Porto das grandes solenidades caseiras. De nada valeu. Ele sentara-se a um canto e até os lábios lhe tremiam.

Minha mãe tomou-lhe o pulso.

— Você está com febre! Vou chamar o doutor!

— É despesa, Marina. Isso passa.

— Doutor Célio não cobra. Ele é compadre de Inácio. Padrinho de Carlos...

O médico veio. Era pneumonia.

*

Foram nove dias de angústia, de luta com a morte. Por duas vezes entrou em colapso. No delírio, as coisas que não nos contara voltavam confusas, num tropel de onças, de cobras, de jacarés, de índios, de turcos do regatão, de gaiolas singrando o rio, de contendas no barracão que roubava. E nomes desconhecidos de homens e mulheres... um nome de cabrocha a dominar os outros... ("Ah! Meu filho! Perdi o meu filho! Me espera no céu, meu filho!")

— Oh! As tartarugas botaram!

E sua mão febril parecia recolher milhares de ovos.

Nós acompanhávamos com remorso a longa, atormentada agonia.

— Vá preparar as lições, meu filho. Você tem aula.

— Eu não vou, papai. Tio Pedro pode precisar.

E era um correr à farmácia, um atender contínuo de pequenos cuidados. Levar, trazer, enxugar, ajeitar, rezar.

— Desta noite ele não passa, não é possível — sentenciou o médico.

Eu, Eduardo e Carlos saímos do quarto a correr desesperados, pedindo um milagre.

E o milagre se deu novamente. No décimo dia tio Pedro abriu os olhos, pálido, muito magro, e viu Eduardo no quarto.

— Você aí, meu filho?

— O senhor precisa de alguma coisa, tio Pedro?

— Me enxuga a testa, meu filho.

*

Convalescença, lenta, se afirmando. Tio Pedro caminhava pela casa, não queria fumar.

— Me dá tosse.

Seus olhos haviam ganho uma grande doçura mesclada de firmeza e gratidão, comovido pelas atenções de que se via cercado.

Quando se sentiu mais forte, um dia, pouco antes do almoço, foi ao seu quarto, voltou com o uniforme de lixeiro, lavado e passado por minha mãe.

— Você já está pensando em trabalhar, Pedro?

— Não. Vou receber o meu dinheiro.

— Mas você ainda não pode sair sozinho.

— Pra receber dinheiro a gente pode... — sorriu ele.

Meu pai não contestou. Conhecia o irmão.

— Mas se agasalhe. O tempo está mau.

Pedro envergou o velho sobretudo e saiu.

Voltou à tardinha, já meu pai em casa.

— Sem sobretudo, Pedro? — falou meu pai, sem compreender.

Tio Pedro baixou os olhos.

— Você não me tinha dado?

Claro.

— Eu vendi.

— Ué!

— Pra completar o dinheiro da passagem.

E mostrou o documento. Meu pai quis protestar, mas o irmão se adiantou:

— Vocês foram muito bons comigo... Só Deus pode pagar o que fizeram. Mas eu não me acostumo no Sul. Este frio me mata...

— É... é um frio assassino — comentou meu pai.

Fomos levá-lo à Estação da Luz, uma semana depois, rumo a Santos. A cabeça erguida, o olhar altivo, tio Pedro sorria vitorioso.

Parecia exuberante. Lembrava meu pai. Um baleiro passou, comprou um pacote, deu a Eduardo.

— Você gosta de história de onça, hem, meu filho?

Só então reparei que tio Pedro, na sua aparente indiferença, tivera sempre uma fraqueza por Eduardo.

Afinal, o trem partiu.

— Que homem rijo! — disse minha mãe, ao vê-lo afastar-se. — Vencer, nesse estado, nessa idade, uma pneumonia dupla!

— Raça boa! — disse meu pai orgulhoso, enxugando os olhos.

*

Tio Pedro não se fixou em Baturité. Foi viver no Crato. Ao contrário da primeira grande ausência, agora escrevia. De seis em seis meses vinha carta, após quatro ou cinco de meu pai, que periodicamente lhe mandava pequenos auxílios. Ainda atravessou duas secas. Constava, por indiscrição epistolar de outros parentes, que se juntara com uma cabocla e tivera um ou dois filhos. Com a morte de meu pai, já homem, continuei a correspondência, e, uma ou outra vez, lhe mandava alguma coisa – oferta minha, de Eduardo e Carlos – principalmente quando o soubemos preso ao leito pelo reumatismo, sem poder trabalhar, em extrema penúria. Ele respondia sempre, muito comovido, pedindo que Deus nos ajudasse. "Graças a Deus nunca me faltaram bons sobrinhos..." Aliás, "gracas a deus". Ele escrevia Deus com minúscula e nunca punha cedilha no *c*.

NOTA BIOGRÁFICA

Orígenes (Ebenezer Themudo) Lessa foi um trabalhador incansável. Publicou, nos seus 83 anos de vida, cerca de setenta livros, entre romances, contos, ensaios, infantojuvenis e outros gêneros. Como seu primeiro livro saiu quando ele contava a idade de 26 anos, significa que escreveu ininterruptamente por 57 anos e publicou, em média, mais de um livro por ano. Levando em conta que produziu também roteiros para cinema e televisão, textos teatrais, adaptações de clássicos, reportagens, textos de campanhas publicitárias, entrevistas e conferências, não foi apenas um escritor *full time*. Foi, possivelmente, o primeiro caso de profissional pleno das letras no Brasil, no sentido de ter sido um escritor e publicitário que viveu de sua arte num mercado editorial em formação, num país cuja indústria cultural engatinhava. Esse labor intenso se explica, em grande parte, pela formação familiar de Orígenes Lessa.

Nasceu em 1903, em Lençóis Paulista, filho de Henriqueta Pinheiro e de Vicente Themudo Lessa. O pai, pastor da Igreja Presbiteriana Independente, é um intelectual, autor de um livro tido como clássico sobre a colonização holandesa no Brasil e de uma biografia de Lutero, entre outras obras historiográficas. Alfabetiza o filho e o inicia em história, geografia e aritmética aos cinco anos de idade, já em São Luís (MA), para onde a família se muda em 1907. O pai acumula suas funções clericais com a de professor de grego no Liceu Maranhense. O menino, que o assistia na correção das provas, produz em 1911 o seu primeiro texto, *A bola*, de cinquenta palavras, em caracteres gregos. A família volta para São Paulo, capital, em 1912, sem a mãe, que falecera em 1910, perda que marcou a infância do escritor e constitui uma das passagens mais comoventes de *Rua do Sol*, romance-memória em que conta sua infância na rua onde a família morou em São Luís.

Sua formação em escola regular se dá de 1912 a 1914, como interno do Colégio Evangélico, e de 1914 a 1917, como aluno do Ginásio do Estado, quando estreia em jornais escolares (*O Estudante*, *A Lança* e *O Beija-Flor*) e interrompe os estudos por motivo de saúde. Passará, ainda, pelo Seminário Teológico da Igreja Presbiteriana Independente, em São Paulo, entre 1923 e 1924, abandonando o curso ao fim de uma crise religiosa.

Rompido com a família, se muda ainda em 1924 para o Rio de Janeiro, onde passa dificuldades, dorme na rua por algum tempo, e tenta sobreviver como pode. Matricula-se, em 1926, num Curso de Educação Física da Associação Cristã de Moços (ACM), tornando-se depois instrutor do curso. Publica nesse período seus primeiros artigos, n'*O Imparcial*, na seção Tribuna Social-Operária, dirigida pelo professor Joaquim Pimenta. Deixa a ACM em 1928, não antes de entrar para a Escola Dramática, dirigida por Coelho Neto. Quando este é aclamado Príncipe dos Escritores Brasileiros, cabe a Orígenes Lessa saudá-lo, em discurso, em nome dos colegas. A experiência como aluno da Escola Dramática vai influir grandemente na sua maneira de escrever valorizando as possibilidades do diálogo, tornando a narrativa extremamente cênica, de fácil adaptação para o palco, radionovela e cinema, o que ocorrerá com várias de suas obras.

Volta para São Paulo ainda em 1928, empregando-se como tradutor de inglês na Seção de Propaganda da General Motors. É o início de um trabalho que ele considerava razoavelmente bem pago e que vai acompanhá-lo por muitas décadas, em paralelo com a criação literária e a militância no rádio e na imprensa, que nunca abandonará. Em 1929 sai o seu primeiro livro, em que reuniu os contos escritos no Rio, *O escritor proibido*, recebido com louvor por críticos exigentes, como João Ribeiro, Sud Mennucci e Medeiros e Albuquerque, e que abre o caminho de quase seis decênios de labor incessante na literatura. Casa-se em 1931 com Elsie Lessa, sua prima, jornalista, mãe de um de seus filhos, o também jornalista Ivan Lessa. Separado da primeira mulher, perfilhou Rubens Viana Themudo Lessa, filho de uma companheira, Edith Viana.

Além de cronista de teatro no *Diário da Noite*, repórter e cronista da *Folha da Manhã* (1931) e da Rádio Sociedade Record (1932), tendo publicado outros três livros de contos e *O livro do vendedor* no período, ainda se engaja como voluntário na Revolução Constitucionalista de 1932. Preso e enviado para a Ilha Grande (RJ), escreve o livro-reportagem *Não há de ser nada*, sobre sua experiência de revolucionário, que publica no mesmo ano (1932) em que sai também o seu primeiro infantojuvenil, *Aventuras e desventuras de um cavalo de pau*. Ainda nesse ano se torna redator de publicidade da agência N. W. Ayer & Son, em São Paulo. Os originais de *Inocência, substantivo comum*, romance em que recordava sua infância no Maranhão, desaparecem nesse ano, e o livro será reescrito, quinze anos depois, após uma visita a São Luís, com o título do já referido *Rua do Sol*.

Entre 1933, quando sai *Ilha Grande*, sobre sua passagem pela prisão, e 1942, quando se muda para Nova York, indo trabalhar na Divisão de Rádio do Office of the Inter-American Affairs, publica mais cinco livros, funda uma revista, *Propaganda*, com um amigo, e um quinzenário de cultura, *Planalto*, em que colaboram Mário de Andrade, Sérgio Milliet, Tarsila do Amaral e Di Cavalcanti. Antes de partir para Nova York, já iniciara suas viagens frequentes, tanto dentro do Brasil quanto ao exterior – à Argentina, em 1937, ao Uruguai e de novo à Argentina, em 1938. As viagens são um capítulo à parte em suas atividades. Não as empreende só por lazer e para conhecer lugares e pessoas, mas para alimentar a imaginação insaciável e escrever. A ação de um conto, o episódio de uma crônica podem situar-se nos lugares mais inesperados, do Caribe a uma cidade da Europa ou dos Estados Unidos por onde passou.

De volta de Nova York, em 1943, fixa residência no Rio de Janeiro, ingressando na J. Walter Thompson como redator. No ano seguinte é eleito para o Conselho da Associação Brasileira de Imprensa (ABI), onde permanece por mais de dez anos. Publica *OK, América*, reunião de entrevistas com personalidades, feitas como correspondente do Coordinator of Inter-American Affairs, entre as quais uma com Charles Chaplin. Seus livros são levados ao palco, à televisão, ao rádio e ao cinema, enquanto continua publicando romances, contos, séries de reportagens e produzindo peças para o Grande Teatro Tupi.

Em 1960, após a iniciativa de cidadãos de Lençóis Paulista para dotar a cidade de uma biblioteca, abraça entusiasticamente a causa, mobiliza amigos escritores e intelectuais, que doam acervos, e o projeto, modesto de início, toma proporções grandiosas. Naquele ano foi inaugurada a Biblioteca Municipal Orígenes Lessa, atualmente com cerca de 110 mil volumes, número fabuloso, e um caso, talvez único no país, de cidade com mais livro do que gente, visto que sua população é atualmente de pouco mais de 70 mil habitantes.

Em 1965, casa-se pela segunda vez. Maria Eduarda de Almeida Viana, portuguesa, 34 anos mais jovem do que ele, viera trabalhar no Brasil como recepcionista numa exposição de seu país nas comemorações do 4º Centenário do Rio, e ficará ao seu lado até o fim. Em 1968 publica *A noite sem homem* e *Nove mulheres*, que marcam uma inflexão em sua carreira. Depois desses dois livros, passa a se dedicar mais à literatura infantojuvenil, publicando seus mais celebrados títulos no gênero, como *Memórias de um cabo de vassoura*, *Confissões de um vira-lata*, *A escada de nuvens*, *Os homens de cavanhaque de fogo* e muitos outros, chegando a cerca de quarenta títulos, incluindo adaptações.

É nessa fase que as inquietações religiosas que marcaram sua juventude o compelem a escrever, depois de anos de maturação, *O Evangelho de Lázaro*, romance que ele dizia ser, talvez, o seu preferido entre os demais. Uma obra a respeito da ressurreição, dogma que o obcecava, não fosse ele um escritor que, como poucos no país, fez do mistério da morte um dos seus temas recorrentes. Tendo renunciado à carreira de pastor para abraçar a literatura, quase com um sentido de missão, foi eleito em 1981 para a Academia Brasileira de Letras. Dele o colega Lêdo Ivo disse que "era uma figura que irradiava bondade e dava a impressão de guardar a infância nos olhos claros". Morreu no Rio de Janeiro em 13 de julho de 1986, um dia após completar 83 anos.

Eliezer Moreira

GRÁFICA PAYM
Tel. (11) 4392-3344
paym@terra.com.br